Petra Weise

Mein Hund **Benno**

Tierische Begegnungen

Bibliografische Informationen der Deutschen Nationalbibliothek
Die Deutsche Nationalbibliothek verzeichnet diese Publikation
in der Deutschen Nationalbibliografie; detaillierte bibliografische
Daten sind im Internet über http://dnb.dnb.de abrufbar.

C 2017 Petra Weise
Herstellung und Verlag:
BoD – Books on Demand, Norderstedt

ISBN: 978-3-7347-3493-9

Gib den Menschen einen Hund und seine Seele wird gesund.

Hildegard von Bingen

„Komm, lass uns gehen! Patrik bellt wie verrückt, er will in den Wald."
Wir öffnen die Heckklappe, der Hund springt hinein. Die Rücksitze sind umgeklappt und bieten zusammen mit dem Kofferraum eine perfekte Liegefläche für das Tier und viel Platz für Gepäck.
Ich setze mich auf den Beifahrersitz. Patrik legt sofort seine Schnauze auf meine Schulter. So kann er nicht nur alles bestens überblicken, sondern hat auch noch Körperkontakt. Dann zieht er sich zurück und legt sich hin.

Es ist Samstag und somit Wandertag. Er muss nicht brav unter dem Schreibtisch liegen wie an den Vormittagen in der Woche, sondern kann stundenlang mit uns durch den Wald streifen.
Heute bleiben wir in der Nähe der Stadt. Am Waldparkplatz öffne ich die Tür, aber Patrik springt nicht wie üblich bellend aus dem Auto.
„Patti, komm!"
Der Hund liegt regungslos und schaut mich an.
„Patti, was ist denn?", versuche ich, ihn aufzumuntern.
Aber er regt sich nicht. Erschrocken beuge ich mich über den Hund und streichle über seinen Kopf. Patrik bewegt sich nicht.
Werner kommt näher.
„He! Erst geht es euch nicht schnell genug und

jetzt trödelt ihr."
„Schau doch! Patrik bewegt sich nicht."
Ich zeige auf unseren Hund, der nach wie vor regungslos auf seiner Decke liegt.
„Schnell!" Ich schiebe Werner zur Seite. „Wir müssen zum Tierarzt."
Während der Fahrt lasse ich meine Hand auf dem Hundebauch. Patrik wirkt ruhig, aber er bewegt sich nicht. Ich bekomme Panik. Keine zehn Minuten später halten wir beim Tierarzt. Ich klingle und schreie: „Schnell!"
Herr Gießer kommt fast im gleichen Moment aus der Tür, schaut nur kurz auf unseren Hund und sagt: „Ihr müsst in die Tierklinik. Der hat einen Treffer abbekommen."
Treffer? Was bedeutet das? Unschlüssig bleibe ich stehen.
„Hirnschlag. Herzinfarkt. So was in der Art." Herr Gießer berührt meinen Arm. „Ich weiß es nicht. Aber ich kann ihm nicht helfen. Bringt ihn schnell in die Tierklinik!"

Die Fahrt dauert eine Ewigkeit von zehn Minuten. Dann parken wir vor der Klinik. Ich laufe hinein.
„Sind Sie Kunde bei uns?", will die Frau an der Anmeldung wissen.
Ich höre die Frage, verstehe den Sinn aber nicht und rufe: „Mein Hund liegt im Auto."

„Sind Sie angemeldet?"
„Nein. Er bewegt sich nicht."
„Name?"
Wen interessiert jetzt der Name? Ich brauche einen Arzt. Und zwar sofort!
„Mein Hund liegt im Auto. Jetzt kommen Sie endlich! Schnell!", schreie ich.
Eine Tür öffnet sich und eine Frau im weißen Kittel schaut fragend heraus. Die Ärztin? Offenbar hat sie meine Rufe gehört. Kurz entschlossen packe ich sie am Ärmel und bitte: „Kommen Sie!"
Werner hatte alle Autotüren geöffnet. Die Ärztin tritt näher und schaut in Patriks Augen. Patrik lässt sich anfassen. Himmel! Ihm geht es also sehr schlecht, denn er duldet keine Berührungen von Fremden – knurrt und schnappt sogar.
„Bringen Sie ihn ins Sprechzimmer!"
Aber wie? Patrik wiegt dreißig Kilogramm und ich habe Angst, ihm weh zu tun. Ein Mädchen bringt eine Trage und Werner hebt Patrik vorsichtig drauf. Dann tragen wir ihn ins Haus. Während Werner unsere Daten bei der Anmeldung angibt, sitze ich auf dem Steinboden neben meinem Hund, halte seinen Kopf in meinem Arm und streichle ihn. Er liegt ganz ruhig mit offenen Augen. Auf einmal lockert er sich und ich weiß, jetzt ist Patrik

gestorben. Werner schaut mich an. Die Tierärztin hockt sich zu mir auf den Boden und schaut noch einmal in Patriks Augen. Sie nickt und streichelt über seine Schnauze.

„Zwölf Jahre sind noch kein Alter zum Sterben. Du hättest noch ein Weilchen herumlaufen und das Leben genießen können." Sie horcht ihn ab und nickt noch einmal. „Ja, er ist tot."

„Aber er zuckt doch!"

„Das sind nur die Muskeln. Ihr Hund ist gestorben. Sicher. Sie können noch ein Weilchen hier bleiben, wenn Sie möchten."

Ich schaue Werner an und sehe, dass er weint.

Wir fahren nach Hause. Patrik liegt hinter uns in einer Pappkiste. Als das Auto auf den Hof fährt bleibt alles ruhig. Normalerweise bellt Patrik, um jedem seine Ankunft anzuzeigen. Heute bleibt es still auf dem Rücksitz. Wir brauchen mehrere Minuten, um endlich die Tür zu öffnen und auszusteigen.

„Nanu? Wo habt ihr Patrik gelassen?"

Nachbar Volkmar lacht. Werner zeigt traurig auf den Karton und geht wortlos ins Haus.

Ich erkläre: „Patrik ist soeben gestorben. Möchtest du ihn sehen?"

Alle, die an diesem Samstag Vormittag im Haus sind, kommen zum Auto. Jeder hat Patrik gemocht. Wir leben seit fünf Jahren hier und

verstehen uns mit allen Mietern sehr gut.
„Was machen wir jetzt?" will Lutz wissen.
Ich zucke mit der Schulter. Werner kommt zurück. Er hat einen Spaten in der Hand.
„Wir bringen ihn in den Wald. An seine Lieblingsstelle am Zeisighügel."
„Ich glaube, das ist nicht erlaubt."
„Ist mir egal."
„Und wenn euch einer erwischt?"
„Na und?" Werner schaut Petra an. „Meinst du, ich lasse ihn zu Knochenmehl verarbeiten?" Wütend ergänzt er: „Ganz sicher nicht."
„Warte!" Jost packt Werners Unterarm. „Ich helfe dir."
Werner schaut ihn dankbar an.
„Moment! Ich frage meine Mutter. Die hat einen großen Garten am Haus. Sie mag Hunde." Lutz zieht sein Handy aus der Tasche und drückt eine Taste. „Hallo, Mutter, ich bin´s. Du, der Patrik ist gestorben. Du weißt schon, der Hund hier aus dem Haus. Können wir ihn in deinem Garten begraben." Lutz lächelt. „Gut, in zehn Minuten sind wir da." Lutz schaut in die Runde. „Ich wusste es! Meine Mutter hat nichts dagegen." Dann betrachtet er unseren kleinen Fiat und bestimmt: „Wir nehmen gleich mein Auto, da ist mehr Platz."
Jost kommt aus seiner Garage und hat einen Spaten und einen Rechen in der Hand.

„Ich komme mit – ist doch klar."
Auch Roland und Volkmar wollen mit. Im Auto ist Platz für alle. Jost öffnet den Kofferraum und die Männer heben vorsichtig die Kiste hinein. Ich habe inzwischen Patriks zerkauten Teddy aus dem Haus geholt und zwei Decken und lege alles wortlos auf die Kiste. Dann gehe ich ins Haus. Aber ich weiß nicht, was ich machen soll. Was soll ich nur tun?

Am Abend sitzen Werner und ich wie gewohnt nebeneinander auf dem Sofa. Dabei ist gar nichts wie gewohnt. Denn normalerweise lag Patrik auf meinen Füßen. Jetzt waren meine Füße kalt, obwohl Sommer ist.
„Ich möchte keinen Hund mehr. Du?"
„Nein, ich auch nicht."
„Jetzt müssen wir keine Rücksicht mehr nehmen, können machen, was wir wollen."
„Genau." Werner lächelt. Es sieht irgendwie schief aus. „Städtereisen, Weinfest, Weihnachtsmarkt. Ach, mir fällt noch viel mehr ein."
„Ja, du hast Recht", stimme ich zu und strecke die Beine aus. Dabei merke ich, wie vorsichtig ich mich bewege, um Patrik nicht zu stoßen. Aber da liegt kein Hund mehr. Ich muss nicht mehr vorsichtig sein.

Wir bleiben auch am nächsten Samstag

daheim. Wir haben keine Lust, unsere neue Freiheit zu genießen. Vielleicht morgen. Wir haben auch keine Freude an der wunderbaren Ruhe in der Wohnung. Patrik war ein sehr lauter Hund, er bellte bei jeder Gelegenheit. Alles machte ihn wütend: fremde Leute im Haus, ein hupendes Auto, Tauben auf dem Hof oder Kindergeschrei. Kinder mochte er überhaupt nicht. Sie waren ihm zu laut und zu zappelig. Er mochte auch keine Männer mit ihren lauten tiefen Stimmen. Die Nachbarn aus dem Haus, unsere Freunde und Verwandten zählte er offenbar zum erweiterten Rudel. Allein von denen ließ er sich anfassen.

Auch draußen im Wald war er sehr eigenwillig und ging am liebsten seine eigenen Wege. Er beschnüffelte interessiert die Markierungen anderer Hunde, aber Begegnungen mit ihnen suchte er nicht. Und er spielte nicht - weder mit anderen Hunden noch mit uns. Mir schien es, als wären ihm Ballspiele zu albern. Oder er dachte sich, dass Dinge, die seine Halter fortwarfen, sollte er liegenlassen.

Patrik konnte wunderbar Streit schlichten. Er bellte, wenn wir lauter als gewohnt sprachen. Meist brachte uns das zum Lachen und alles war wieder in Ordnung. Schlug ich im Zorn die Tür hinter mir zu, kratzte er an der Tür und winselte. Das versöhnte uns sofort. In der

Wohnung lag er auf meinen Füßen und in der Nacht schlief er neben meinem Bett.
Patrik fehlt mir sehr.

Die Arbeit geht mir nicht mehr von der Hand. Ich kann mich nicht konzentrieren. Meine Gedanken kreisen um Patrik. Er war rund um die Uhr bei mir. Jetzt wirkt unser Büro leer, kahl, leblos.
Werner und ich arbeiten von zu Hause aus. Werner schreibt Computerprogramme für Arztpraxen und kümmert sich um den Support. Selten muss er Kunden besuchen, die meisten Probleme lassen sich online und per Telefon klären.
Ich koordiniere seine Termine, übertrage Kundendaten und Verträge in den Computer und schreibe Rechnungen.
Werner und ich genießen es sehr, den ganzen Tag zusammen zu verbringen. Die meisten unserer Freunde verstehen das nicht. Sie sind froh, tagsüber weit entfernt vom Partner in getrennten Firmen zu arbeiten und sich erst am Abend zu sehen. Oft haben sie verschiedene Hobbys und verbringen dadurch einen Großteil ihrer Freizeit ebenfalls nicht miteinander. Das wäre für uns undenkbar.
Unsere beiden Schreibtische stehen sich gegenüber und sind durch einen halbrunden

Besprechungsansatz miteinander verbunden. Hier begann für uns der Arbeitstag mit einem Frühstück, das ich zubereitete, während Werner mit Patrik die kurze Morgenrunde ging.
Neben dem Büro befindet sich unsere Wohnstube mit Küchenzeile, Essplatz, Bücherregal, dem Fernseher und zwei Sesseln. Für uns ist diese Situation ideal. Für einen Hund ebenfalls, denn ein Hund ist nicht gern allein, er fühlt sich nur inmitten seines Rudels wohl.
Aber nun haben wir keinen Hund mehr.

Eigentlich wollten wir nie einen Hund. Auch kein anderes Haustier. Nicht einmal Fische.
Nur unsere Tochter Katrin bettelte fast vom ersten Tag, an dem sie sprechen konnte: „Mami, ich will ein Haustier." Doch wir wohnten immer in einer Stadt und ich antwortete stets: „Nein, Tiere gehören aufs Land."
Katrin gelang es immer, irgendein Tier in die Wohnung zu schleppen. Spinnen, Eidechsen und einmal sogar ein Huhn. Damals war sie gerade mal sechs Jahre alt und ich weiß nicht, wie sie es in die Wohnung gebracht hatte. Als ich sie am Morgen wecken wollte, konnte ich mir die seltsamen Geräusche in ihrem Zimmer nicht erklären, die wie Gackern und Scharren klangen. Katrin sprang aus dem Bett und stellte sich mit ausgebreiteten Armen vor ihren

Schrank. Da war mir sofort klar, wo ich suchen musste: in ihrem Kleiderschrank. Sie hatte den Boden mit Stroh ausgelegt, das Huhn sollte es bequem haben.

„Sofort schaffst du dieses Vieh aus dem Haus! Sofort!"

Katrin öffnete wortlos ihr Fenster und warf das Huhn einfach raus. Sie schaute ihm nicht nach und sie weinte nicht. Sie beantwortete auch nicht meine Fragen, wo sie mitten in der Stadt das Huhn gefunden hatte.

Am meisten liebte Katrin Hunde und ich musste immer aufpassen, dass sie nicht zu jedem Hund lief und ihn stürmisch umarmte.

Mir dagegen machte jeder Hund große Angst. Ich fürchtete mich sogar vor kleinen Dackeln und geriet sofort in Panik, wenn uns bei Waldspaziergängen ein nicht angeleinter Hund entgegen kam.

Als wir vor zwölf Jahren in ein Dorf im Erzgebirge zogen, sagte Katrin am allerersten Morgen noch vor dem Frühstück: „So, Mami, du hast gesagt, Haustiere gehören aufs Land. Und jetzt wohnen wir auf dem Land."

Sie hatte genau meine Worte benutzt und ich konnte nichts entgegensetzen.

Einen Tag später stand ein Hamster samt Käfig in Katrins Zimmer. Nach einer Woche hielt sie zwei kleine Kätzchen im Arm, die ihr ein Nachbar geschenkt hatte. Sie nannte sie Miezi und Franzi. Miezi war eine wunderschöne Tigerkatze mit weißem Latz und weißen Pfötchen. Franzi hatte weißes Fell mit schwarzen Flecken wie eine Kuh und eine schwarze Schnauze. Die Katzen hielten sich fast ausschließlich draußen auf.

Wenn es sich Werner vor dem Fernseher gemütlich machte, sprangen beide Kätzchen auf seinen Bauch. Das gefiel Werner nicht, aber er scheuchte sie auch nicht weg.

Am späten Abend wollten sie raus auf die Felder und in die Scheunen. Nur bei schlechtem Wetter gingen die Katzen nicht vor die Tür, sondern machten es sich auf dem Sofa gemütlich, wenn wir ins Bett gingen. Manchmal weckten sie uns mitten in der Nacht, um nachschauen, ob es immer noch regnet. Dabei sprangen sie an den Schlüsselbund, der innen an der Wohnungstür hing und klapperten uns auf diese Weise wach. Ich musste also aufstehen, die Tür öffnen und die Katzen hinaus in die Nacht lassen.

Katrin war noch immer nicht zufrieden. Sie wollte unbedingt einen Hund. Doch ich mochte keine Hunde. Katzen waren mir lieber. Mir gefiel ihre Eigenwilligkeit und dass man sie nicht wie Hunde dressieren konnte. Hunde schauten ihre Halter immer so unterwürfig an, wollten ihnen gefällig sein – hündisch eben. Das war überhaupt nichts für mich.

Katrin marschierte trotzdem wenige Tage später zum Tierarzt des Dorfes und erkundigte sich nach Hundewelpen. Sie erfuhr, dass es im Nachbardorf einen Wurf Mischlinge gab. Katrin ließ nicht locker. Sie versprach, sich um den Hund zu kümmern und verkündete, dass so ein großes Grundstück auf dem Land unbedingt einen Hund brauchte. So kam es, dass wir noch am gleichen Tag zu dieser Familie fuhren und Katrin sich Patrik aussuchte. Eine Woche später waren wir Besitzer einer sehr niedlichen schwarz-braunen Fellnase.

Katrin kümmerte sich tatsächlich um den Welpen. Er durfte nicht in die Küche und auch nicht in unsere Schlafstube. Das durften nur die Katzen, die sich auch auf dem Sofa und den Sesseln rekelten. Patrik dagegen musste unten auf dem Teppich bleiben. Sein Schlafkissen lag neben Katrins Bett. Sie entfernte seine Pfützen und Häufchen und ging mit ihm Gassi. Manchmal begleitete ich sie.

Mit der Zeit mochte ich den kleinen Hund immer mehr. Wenn Katrin am Wochenende gern bis zum Mittag im Bett blieb, machten Werner und ich lange Ausflüge im Gebirge mit Patrik.

„Wir waren uns einig! Wir wollen keinen Hund."
„Ich weiß."
„Warum liest du trotzdem die Anzeigen in der Zeitung?"
„Nur so."
Werner hat Recht. Wir sind uns einig. Wir wollen keinen neuen Hund. Wir wollen endlich unabhängig sein, kein straff geregeltes Leben mehr wie bisher.

Patrik bellte, wenn es Änderungen im Tagesablauf gab. Er wollte jeden Morgen pünktlich 7:00 Uhr in den Wald, auch am Wochenende. Wenn der Wecker nicht klingelte, weckte uns Patrik. Er schlug mit der Schnauze direkt neben meinem Kopf auf die Matratze und blies mir seinen Atem ins Gesicht. Wenn ich mich zur Seite drehte, knurrte er und bellte. Dann blieb mir nichts anderes übrig, als aufzustehen.

Nach dem Frühstück lag er ruhig im Büro unter meinem Schreibtisch und kam erst zum Mittag wieder hervor. Sobald die Zeit zum Kochen näher rückte, setzte er sich an die Tür und schniefte mahnend. Dann gingen wir zusammen in die Küche. Patrik lag neben dem Tisch und schaute mir beim Fleischanbraten, Kartoffelschälen und Gemüseputzen zu. Am Nachmittag liefen wir fast zwei Stunden durch den nahen Wald und nach dem Abendessen

noch einmal eine kleine Runde. Lästig war um 22:30 Uhr die Nachtpinkelrunde um den Block.
All das ist jetzt zum Glück vorbei. Wir können bereits am frühen Abend baden oder ins Bett gehen und auch am Morgen länger liegen bleiben, wenn wir wollen.
Wir wollen aber nicht. Nichts macht uns mehr Freude. Auch nach drei Monaten nicht. Mir fehlt meine tägliche Runde im Wald. Ich könnte zwar allein ohne Hund spazieren gehen, doch dazu fehlt mir die Lust.

„Guten Tag. Ich rufe aus Chemnitz an und habe Ihre Anzeige im Wochenspiegel gelesen. Sie verkaufen kleine Hundewelpen?"
„Ja."
„Sie schreiben: Mischlinge. Aus welcher Rasse sind sie denn gemischt?"
„Die Mutter ist Husky, den Vater kenne ich nicht."
„Nicht? Dann wissen Sie nicht, wie groß die Hunde werden?"
„Vermutlich maximal vierzig Zentimeter. Was suchen Sie denn?"
„Die Größe wäre perfekt. Ich möchte einen Rüden."
„Davon habe ich drei. Zwei schwarze und einen mit weißem Latz und braunen Pfoten."
„Schwarz mit weiß und braun finde ich

wunderbar! Wann kann ich ihn sehen?"

Werner kommt ins Zimmer.

„Wie bitte? Jederzeit? Gut, ich rufe zurück." Hastig lege ich auf.

„Was ist denn los?" Werner lächelt mich an. „Geheimnisse?"

Ich beiße mir auf die Unterlippe. Was sage ich jetzt? Ich hasse Lügen. Und ich hasse es, wenn man sich nicht aufeinander verlassen kann. Wir waren uns einig, dass wir keinen Hund mehr wollen.

„Ein kleiner Hund … Ich habe bei einem Züchter in Grumbach angerufen."

„Ich wusste es! Du machst, was du willst!"

„Aber ... Ich habe noch gar nichts gemacht."

„Ach nein?" Werner geht zur Tür. Ich sehe an seinen hochgezogenen Schultern, wie verärgert er ist. Dann dreht es sich um. „Jederzeit? Ich rufe zurück", äfft er mich nach und schlägt die Tür hinter sich zu. Soll ich ihm nachgehen? Ich warte besser ab, bis Werner sich beruhigt. Lange muss ich nicht warten, dann kommt er zurück in die Stube.

„Wo war dieser Züchter."

Überrascht schaue ich Werner an. „Grumbach glaube ich."

„Wo liegt das denn?"

„Keine Ahnung."

„Es gibt zwei – eins bei Zwickau und eins bei

Dresden." Werner breitet eine Karte vor mir aus. „Schau mal! Beide Grumbachs sind jeweils 45 Kilometer von hier entfernt – nur in verschiedene Richtungen."
Ich sage erst einmal gar nichts und beuge mich über die Karte. Vor Aufregung erkenne ich gar nichts, obwohl Werner mit dem linken Zeigefinger auf das Zwickauer Grumbach zeigt und mit dem rechten auf das Dresdner.
Wortlos halte ich ihm die Zeitungsanzeige hin.
„Aha. Bei Zwickau also." Das hat Werner an der Telefonnummer erkannt. „Wenn du hin willst .... ich würde dich fahren."
„In zwei Minuten bin ich fertig."
Hastig renne ich in den Keller und greife die erstbeste Plastikwanne, die groß genug ist für einen möglichen Welpentransport. Dazu zwei alte Decken von Patrik. Es kann los gehen. Nur schnell – ehe es sich Werner anders überlegt.

Der Ort liegt am Ende der Welt. Wir fahren erst 30 Kilometer Autobahn und dann kleine Straßen durch winzige Dörfer und Täler, kreuzen drei Flüsse und stehen nach einer Zuckeltour über Schotter und Betonplanken an der angegebenen Adresse. Sie liegt mitten in einem Wald hinter einer hohen Bretterwand. Von einem Haus ist nichts zu sehen. Doch wir hören lautes Bellen. Es müssen mehr als zwanzig Tiere sein.

Wir klingeln. Ein junger Mann in schmutzigem Arbeitsanzug öffnet das Tor und steht breitbeinig vor uns.

„Seid ihr die Leute aus Chemnitz?"

„Ja. Richter. Guten Tag."

Der Mann tritt zur Seite und macht eine einladende Handbewegung.

„Kommt rein!"

Wir sehen eine Art Gartenlaube, dahinter Wald, der sich einen steilen Hügel hinauf zieht. Zwischen den Bäumen stehen in großen Zwingern unzählige Huskys: Schwarz-Graue, Silbergraue, Braun-Beige.

„Ich züchte Huskys. Meiner Lieblingshündin ist sozusagen ein Unfall passiert." Er lacht. „Wir waren mit ihr und Freunden und ihren Hunden unterwegs. Ich habe keine Ahnung, wer meine Laika beglückt hat." Wieder lacht er. „Ihr Freund ist ein schwarzer Labrador."

„Aber Sie sagten doch, dass die Welpen nicht größer als 40 Zentimeter werden."

Der Mann zuckt mit der Schulter, schiebt uns in eine kleine Stube und schließt hinter uns die Tür. Wir schauen uns um: ein Tisch, drei Stühle, ein abgewetztes Sofa und ein alter Kohleofen. Der Mann kommt zurück und trägt ein kleines Bündel in der Hand, das er uns entgegen hält. „Hier ist der Kleine."

Der Welpe sieht genauso aus. wie ich ihn mir immer vorgestellt und gewünscht habe: glattes schwarzes Fell auf dem Rücken, brauner Bauch und braune Beine und auf der Brust einen hübschen weißen Latz. Der Züchter setzt ihn auf den Boden und sofort rennt das kleine Knäuel los.
„Ich habe noch zwei Rüden, aber die sind schwarz."
„Nein, einen schwarzen Hund wollen wir nicht."
Schwarz macht vielen Leuten Angst. Trotzdem geht der Züchter hinaus und kommt mit zwei schwarzen Hundebabys zurück. Außerdem huscht noch eine Katze zur Tür herein. Die drei kleinen Hunde und die Katze rennen kreuz und quer durch das Zimmer. Die Katze und „mein" schöner Dreifarbiger springen über das Sofa, die Stühle, von da sogar über den Tisch. Vergnügt beobachte ich die Tiere. Auch Werner lacht.
„Ich lass euch mal allein".
Der Züchter verlässt den Raum. Ich setze mich auf den Boden. Der Bunte kommt sofort gerannt und springt mir über die Beine. Er drängt sich immer vor und lässt keinen anderen Welpen in meine Nähe. Offenbar ist er der Alphahund im Wurf. Das gefällt mir nicht.
„Der ist viel zu wild."
Werner nickt. Er will sowieso keinen Hund. Wir

wollen beide keinen neuen Hund. Und so einen wilden schon gar nicht.

Ich schaue mir die beiden schwarzen an. Der eine ist sehr klein. Ich versuche, nach dem größeren zu greifen, doch der hübsche Wildfang springt dazwischen. Werner bückt sich, greift den Schwarzen und nimmt ihn auf den Arm.

„Wie willst du ihn nennen?"

„Benno."

Werner nickt. „Benno – ein lustiger Name. Den kann man sich leicht merken."

Der kleine schwarze Hund kuschelt sich in Werners grüne Strickjacke, als wäre das schon immer sein Lieblingsplatz gewesen. Benno ist nicht größer als Werners Hand.

Der Züchter kommt herein. „Na?"

„Den nehmen wir!" Werner zeigt auf Benno. „Wieviel soll er kosten?"

„Gib mir fünfzig Euro, er ist noch nicht geimpft."

Wir zahlen und verlassen das Häuschen.

„Wenn es Probleme gibt, dann bringt den Kleinen einfach wieder!", ruft uns der Züchter nach.

Im Auto lege ich Benno in die Plastikschüssel, die ich mit den beiden Decken von Patrik ausgepolstert hatte. Zufrieden kringelt sich der Kleine hinein und fühlt sich offenbar wohl. Die

Schüssel halte ich auf meinem Schoß. Werner fährt sehr vorsichtig um die vielen Kurven bis zur Autobahn. Er will Benno nicht ängstigen. Während der ganzen Rückfahrt lasse ich meine Hand auf dem Welpen.

„Der Hund stinkt!", beklage ich mich. „Wer weiß, wo seine Wurfkiste steht, vermutlich in einem Schuppen oder Zwinger."

Mir fällt ein, dass ich mir weder die Mutter angesehen noch irgend eine Frage gestellt hatte. Es ging alles so schnell.

Auch bei Patrik ging damals alles sehr schnell, weil uns Katrin regelrecht überrumpelt hatte. Er war erst vier Wochen alt, als wir ihn zu uns holten. Seine Mutter kam mit acht Monaten in ihre erste Hitze und wurde gleich trächtig. Sie konnte ihre sechs Welpen offenbar nicht ernähren und versuchte, sie wegzubeißen.

Da Patrik unser erster Hund war, kaufte ich viele Hundefachbücher, um mich über Haltung, Erziehung und Pflege zu informieren.

Ich weiß jedenfalls genau, worauf ich beim Kauf eines neuen Hundes hätte achten müssen. Er sollte im Haus aufgezogen, an Menschen und Kinder gewöhnt sein. Ich wollte in jedem Fall die Mutter kennenlernen und viel über den Vater erfahren. Und jetzt weiß ich kaum mehr als Bennos Geburtsdatum und dass er zwei Brüder hat. Aber das ist mir plötzlich gleichgültig und ohnehin nicht mehr zu ändern.

Direkt an der Auffahrt zur Autobahn ist eine riesige Zoohandlung. Wir halten und kaufen ein passend kleines Halsband, zwei kleine Näpfe, zum Spielen einen blauen Gummiknochen und eine gelbe Quietschente und natürlich Nahrung für Welpen. Decken und Kissen haben wir noch von Patrik.

Wir haben wieder einen Hund!

„Zuerst solltest du deinen Hund baden!", bestimmt Werner, geht ins Büro und schließt die Tür hinter sind.

Ich ärgere mich, weil Werner Benno als meinen Hund bezeichnet. Schließlich hat ER gesagt: „Den nehmen wir." Wir! Wir haben einen Hund, er gehört zu uns beiden. Aber ich will keinen Streit und sage nur: „Unbedingt."

Der Kleine hält ganz still, während ich ihn mit der linken Hand in der Wanne halte und mit der rechten abbrause. Er ist diese Prozedur offenbar gewöhnt oder ihm macht es nichts aus.

Das wäre mit Patrik nicht möglich gewesen. Er hasste Baden und ließ sich keinesfalls in die Wanne heben. Den Gartenschlauch mochte er noch weniger, dabei hatte ich extra eine spezielle Hundedusche gekauft. Patrik war überhaupt wasserscheu und machte sich bei sehr heißem Wetter maximal die Pfoten nass in einem ganz flachen Bach. Wenn Patrik schmutzig war, wischte ich ihn mit einem Lederlappen ab, während er fürchterlich knurrte und gefährlich seine Zähne fletschte. Das war keine angenehme Aufgabe für mich.

Mit Benno dagegen geht das ganz leicht. Er lässt sich mit Shampoo einseifen und hinterher abbrausen. Das Wasser kommt rabenschwarz aus seinem Fell geflossen. Ich muss ihn noch ein zweites Mal einseifen und abspülen. Ein drittes Mal wiederhole ich diese Prozedur – dann endlich bleibt das Wasser klar. Ich wickle Benno in ein Handtuch und trage ihn in die Stube. Dort setze ich mich auf den Teppich und trockne den Kleinen ab. Auch dabei hält er ruhig.

Doch dann ist es mit der Ruhe vorbei. Benno rennt los – unter dem Stuhl hindurch, hinter dem Sofa entlang, mit einem Sprung über den Couchtisch, ins Nachbarzimmer, wieder zurück, hinter dem Sofa entlang. Plötzlich bleibt es ruhig. Benno rennt nicht mehr an mir vorbei. Ich stehe auf und suche ihn im Flur. Dort ist er nicht. Die Tür zum Bad und zur Schlafstube sind offen. Jetzt entdecke ich Benno. Er liegt auf meinem Bett und leckt sich das noch feuchte Fell trocken. Vorsichtig schiebe ich ein altes Handtuch unter den Hund, der sofort einschläft.

Nun kann ich das Hundebaby in Ruhe betrachten. Es ist nicht ganz schwarz, Beine, Bauch und Schnauze heben sich nun ohne den Schmutz hellbraun vom übrigen Fell ab. Und über den Augen leuchten helle Flecken. Das gefällt mir. Ich habe einen besonders hübschen Hund.

Am Abend zeige ich Benno seinen Schlafplatz. Neben dem Kleiderschrank, dicht bei meinem Bett liegt seine Matte. Benno begreift und rollt sich sofort zusammen. Ich hocke mich daneben und betrachte diesen süßen kleinen Hund. Dann lege ich mich ins Bett und stelle den Wecker auf Mitternacht. Aller zwei Stunden will ich mit dem Hund in den Hof, damit er draußen sein Pfützchen macht und nicht in der Wohnung. Kaum lösche ich das Licht, springt Benno zu mir ins Bett.

„Runter!", rufe ich streng.

Benno hopst hin und her, aber nicht aus meinem Bett. Sobald ich die Nachtlampe anschalte, springt der Hund auf seine Matte. Doch sobald ich das Licht lösche, beginnt das gleiche Theater von vorn. Irgendwann höre und spüre ich nichts mehr und schlafe ein. Wohl im gleichen Moment summt der Wecker und

Werner brummt verärgert. Ich werfe mir die Jacke über, schnappe den schläfrigen kleinen Hund und trage ihn gleich in Nachthemd und Pantoffeln raus in den Hof. Benno bleibt steif stehen und rührt sich nicht.
„Mach dein Pfützchen, los!"
Benno schaut mich an und dreht dabei den Kopf schief. Ich muss lachen. Aber mir ist kalt. Ich trete von einem Bein aufs andere und habe schließlich genug.
„Nichts", sage ich zu Werner.
„Hm?"
„Er hat nichts gemacht."
„Er soll schlafen. Und du auch."
Benno hockt sich auf den Teppich und pullert. So ein Mist! Ich nehme ihn schnell hoch und trage ihn raus auf den Hof. Benno steht steif und schaut mich an. Er versteht nicht.
Nun muss ich den Eimer und einen Lappen holen, den nassen Fleck entfernen und den Teppich reinigen.

„Der Hund ist gesund und völlig in Ordnung." Der Tierarzt streichelt Benno über den Kopf. Ich setze Benno runter auf den Boden. Er läuft sofort im Sprechzimmer herum und säuft aus dem Wassernapf. Herr Gießer lacht.
„Ihr Hund hat schon erstaunlich viel Vertrauen zu Ihnen – er hielt bei der Spritze ganz still, hat

nicht einmal gezuckt. Sie werden viel Freude an Benno haben, vor allem an seiner Sprungkraft. Das sollten Sie trainieren."
Fragend schaue ich den Tierarzt an.
„Ja, das sieht man schon jetzt. Schauen Sie seine Hinterbeine an!"
Ich schaue, doch ich sehe nur kurze Welpenbeinchen. Immerhin ist mein neuer Hund gesund. Und jetzt will ich sofort mit ihm in den Wald.

Da hinten kommt ein Rottweiler. Das wird Bennos erste Begegnung mit einem fremden Hund. Ich freue mich, aber nicht lange. Denn so furchteinflößend groß hatte ich Rottis gar nicht in Erinnerung. Sein Maul ist größer als mein ganzer Benno.
„Beißt der?"
„Aber nein. Sie sehen doch, wie lieb meine Elli den Kleinen beschnüffelt."
Mir ist das gar nicht recht. Wenn sie nun doch beißt? Immerhin sind Rottweiler Kampfhunde. Und Hündinnen haben keine Beißhemmung. Am liebsten würde ich Benno sofort auf den Arm nehmen und ihn vor dieser riesengroßen Kampfbestie beschützen.
Der junge Mann scheint mir anzusehen, wie unwohl mir zumute ist.
„Nicht hoch nehmen!", bittet er. „Ihr erster

Hund?"

Ich schüttle den Kopf.

Ich erinnere mich an meine Spaziergänge mit Patrik. Er war mit seinen 55 Zentimetern Schulterhöhe kein großer Hund, doch die Halter von kleinen Schoßhündchen sahen das ganz anders. Für sie schien Patrik groß und gefährlich. Die meisten nahmen ihre Tiere sofort auf den Arm, was sie für Patrik natürlich noch interessanter machte und er hoch sprang, um sie zu erreichen. Das ängstigte die Leute und sie schrien: „Leinen Sie sofort Ihren Hund an!" Dann glaubte mich Patrik in Gefahr und bellte die Leute wütend an. Er hatte eine sehr tiefe, furchteinflößende Stimme.

Es ist sehr unklug, einen Hundehalter anzuschreien und zu beschimpfen. Der Hund könnte angreifen und sogar beißen.

„Tut mir leid. Es ist sein erster Spaziergang", erkläre ich. Ich atme tief aus und leine Benno ab. Ich weiß, dass das für eine Hundebegegnung immer am besten ist. Und doch schaue ich ziemlich verkrampft zu, wie Benno an der großen Hündin hochspringt.

In der Ferne sehe ich einen Radler, der schnell näher kommt. Neben dem Rad läuft ein Collie.

„Rüde?", ruft der Radfahrer von weitem.

„Nein, Hündin", antwortet Ellis Herrchen. Der Radler wird langsamer und bremst ab. Ich sehe, dass der Collie angeleint ist. Plötzlich stürzt sich Ellie auf den Rüden und packt ihn im Genick.

„Elli! Aus! Hierher!"

Elli gehorcht. Doch sie lässt den Collie nicht aus den Augen und knurrt.

„Entschuldigen Sie. Das hat sie noch nie gemacht. Elli ist nicht aggressiv. Wahrscheinlich wollte sie den kleinen Welpen beschützen."

„Welchen Welpen?"

Wo ist Benno? Er ist nirgendwo zu sehen. Wo kann er nur hingelaufen sein? Auf dem Weg ist er nicht. Ratlos schaue ich die beiden Männer an. Sie helfen mir einige Minuten beim Suchen und gehen schließlich mit ihren Hunden weiter. Jetzt stehe ich allein im Wald. Links neben dem Weg ist ein kleiner Bach. Von der Böschung aus kann ich ein ganzes Stück vom Wasserlauf überblicken. Doch ich sehe Benno nicht. Rechts vom Weg ist dichter Wald mit Sträuchern und hohem Gras. Es hat keinen Sinn, dort zu suchen. Ich würde den kleinen Hund nicht einmal sehen, wenn er direkt vor mir im Dickicht sitzt.

„Benno! Benni! Komm, Benni, komm!"

Benno kommt nicht. Ich laufe den Weg entlang, kehre aber sofort wieder um. Sicher ist es besser, an der Stelle stehen zu bleiben, an der ich Benno verloren habe.

Patrik war oft verschwunden. Er lief einfach so in den Wald und ging seinen eigenen Weg. Oder er rannte einer Hündin nach. Aber er fand mich immer wieder – auch in völlig fremden Gegenden.
Aber der kleine Benno ist zum ersten Mal im Wald. Wie soll er mich finden? Hoffentlich läuft er nicht allein nach Hause. Dafür müsste er die große Ausfallstraße Richtung Freiberg überqueren. Daran darf ich gar nicht denken. Was soll ich nur tun? Ich setze mich ins Gras und hole mein Handy hervor. Ich werde Werner anrufen, damit er mir beim Suchen hilft. Noch bevor ich die Nummer wähle, sehe ich einen kleinen Hundekopf aus einem Abflussrohr hervorlugen.
„Benno! Da bist du ja!"
Überglücklich und erleichtert nehme ich meinen kleinen Hund auf den Arm und drücke ihn fest an mich. Das gefällt ihm gar nicht. Er strampelt und ich setze ihn lachend wieder auf den Boden. Dort schaue ich mir erst einmal an, wo sich der schlaue kleine Kerl in Sicherheit gebracht hat. Unter dem Weg führt ein Rohr für Regenwasser entlang, das im Bach endet. Dort hinein hatte sich Benno verkrochen.

Daheim berichte ich Werner ausführlich von unserem ersten Abenteuer im Wald und vom

Tierarztbesuch. Ich erzähle, dass Benno 3,4 Kilogramm wiegt, vollkommen gesund ist und tapfer seine erste Impfung überstanden hat. Und ich sage ihm, dass Benno Talent zum Springen hat.
Dann bekommt der Hund sein Fressen. Benno schlingt innerhalb weniger Sekunden alles gierig hinunter. Er kaut nicht so bedächtig wie Patrik.
Patrik fraß nicht alles, Trockenfutter lehnte er komplett ab. Ich musste mir immer etwas einfallen lassen, um Patriks Nase zum Fressnapf zu locken. Mal gab ich auf sein Nassfutter etwas Olivenöl oder Butterflöckchen, ein anderes Mal kleine Käsestückchen, etwas von unserer Soße, zerdrückte Kartoffeln oder Nudeln.
Das habe ich bei Benno nicht nötig. Benno frisst alles - gleichgültig, was in seiner Schüssel ist. Er stürzt sich gierig darauf und schleckt den ganzen Napf so sauber, als käme er aus der Spülmaschine. Damit er weniger schlingt, gebe ich einen Löffel Trockenfutter dazu. Die harten Bröckchen muss er kauen. Außerdem halten sie seine Zähne schön weiß.
In den Hundefachbüchern steht, dass der Hund keine Abwechslung braucht und man ihm immer das gleiche Trockenfutter geben soll. Viele Hundehalter glauben das – ich allerdings

nicht.

An seine Fresszeiten morgens, mittags und abends hat sich Benno am schnellsten gewöhnt. Bereits am zweiten Tag sitzt er pünktlich am Küchenschrank und wartet darauf, dass ich seine Schüssel fülle. Das geht ihm nicht schnell genug und er springt ungeduldig am Schrank hoch. Plötzlich bellt er. Werner dreht sich überrascht um.

„Na so was! Unser Hund hat eine Stimme."

Vermutlich verhalten sich Jungtiere still, um ihr Nest oder ihre Höhle nicht zu verraten, wenn die Mutter auf Futtersuche ist. Aber Benno ist doch kein Wildhund!

Vom ersten Tag an untersucht Benno die ganze Wohnung. Er beißt überall hinein und prüft, ob es möglicherweise essbar ist. Er räumt sogar die unteren Fächer meines Bücherregals aus. Zwischen all den Büchern stehen meine Kühe. Ich sammle Kühe und habe bereits 67 Stück. Jede Kuh ist anders. Einige sind aus Holz, andere aus Ton, einige naturbelassen, andere bunt bemalt. Ehe ich reagieren kann, holt er eine nach der anderen aus den unteren Regalfächern. In wenigen Augenblicken fehlt einer Kuh ein Ohr und bei einer anderen ein ganzes Bein.

„Meine Kühe!", schreie ich auf.

Werner tröstet: „Ich klebe sie wieder. Vielleicht solltest du die unteren beiden Fächer leer räumen, dann kann der Hund nichts mehr kaputt machen."

Das gefällt mir nicht. Wie sieht das Regal aus, wenn die unteren Fächer leer sind? Unten stehen und liegen die dicken großen Bildbände, dazwischen eine Vase und einige meiner großen Kühe. Außerdem will ich, dass Benno genauso wie ein Kleinkind lernt, was erlaubt ist und was nicht. Das bedeutet, ich darf ihn nicht aus den Augen lassen und muss ihn sofort mit einem strengen Befehl „Lass das!" verjagen. Mit etwas Geduld wird das klappen.

Benno schreit auf. Dieser Ton geht uns durch Mark und Bein. Es ist kein Bellen, sondern ein durchdringender Schrei wie von einem Kind. Mir ist klar, dass etwas Schlimmes passiert sein muss, denn der kleine Hund drückt sich ängstlich gegen den Boden und zittert am ganzen Körper. Ich hocke mich zu ihm auf den Boden und untersuche seine Pfoten, kann aber keine Verletzung entdecken. Doch Benno klemmt noch immer ängstlich seinen Schwanz unter den Bauch und wagt nicht, aufzustehen.

„Er muss sich böse verletzt haben, aber ich finde nichts."

Werner verdreht die Augen. „Du übertreibst!"

Ich übertreibe nicht, denn Benno rennt so oft gegen Stuhl- und Tischbeine und gibt dabei keinen Ton von sich, als würde er keine Schmerzen spüren.

„Bitte, schau noch einmal genau nach!"

Werner steht seufzend auf und kontrolliert jede Ecke in der Wohnung und im Büro.

„Komm mal her!", ruft er schließlich.

Ich laufe zu Werner ins Büro. Der kniet unter dem Schreibtisch und hält zwei Kabel in die Höhe. Von Kabeln verstehe ich nichts.

„Der Trafo! Der Hund hat das Trafokabel von der Schreibtischlampe durchgebissen."

„Ach, du Schreck! Ist das schlimm?"

„Im Gegenteil. Es hat nur neun Volt. Ein Stromkabel hätte er nicht durchbeißen dürfen. Das hätte er nicht überlebt."

Mir ist schlecht vor Schreck und mir zittern die Knie so stark, dass ich mich setzen muss.

„Soll ich schnell zum Tierarzt fahren?"

„Nein. Der kleine Schlag hat ihm ganz sicher nicht geschadet. Aber wenn wir Glück haben, lässt er jetzt die Finger von den Kabeln."

Werner lacht. „Beziehungsweise die Zähne."

Mir ist nicht zum Lachen zumute. Doch Werner hat recht. Benno vergreift sich kein zweites Mal an einem Kabel. Das ist gut so, denn bei uns liegen überall in der Wohnung und im Büro Kabel herum. Ich mag die vielen Kabel nicht, aber Werner mag Kabel. Er braucht sie für seine Arbeit und sein Hobby, die Elektronik und Tontechnik.

Drei Tage lang gehe ich aller zwei Stunden mit Benno raus auf den Hof. Auch nachts. Trotzdem macht er seine Pfützen und Häufchen am liebsten in die Stube. Und dort nie auf die Fliesen, sondern immer auf den Teppich. Nicht nur der Bereich mit der Küchenzeile, sondern das gesamte Wohnzimmer ist mit Fliesen ausgelegt. Nur unter dem Essplatz und der Sesselecke liegen Teppiche. Und zwar schöne farbenfrohe Perser, die sich Benno ausgerechnet für seine Pfützen aussucht. Sobald sich Benno auf eine bestimmte Art hinkauert, trage ich ihn schnell nach draußen.
„Du musst seine Nase in die Pfütze stippen! Sonst kapiert der Hund nie, was du von ihm willst", weiß Werner.
„Nein, das glaube ich nicht. Babys machen auch lange in die Windeln."
„Dann mach ihm eine Windel drum! Dann hast du nicht diese Sauerei auf dem Teppich. Überall stinkt es." Werner hält sich die Nase zu. „Kein Wunder, dass der Hund glaubt, hier wäre das Klo."
Ich lache. Die festen Häufchen sind schnell

entfernt. Die großen Pfützen dagegen machen richtig Arbeit. Ich sprühe zuerst die Stelle mit verdünntem Putzmittel ein und lasse es eine Weile einwirken. Danach wasche ich alles mit einem Schwamm und warmer Seifenlauge sauber und wische zuletzt mit klarem Wasser nach. Trotzdem sind einige unschöne Ränder geblieben.
Nach drei Tagen begreift Benno endlich, dass er sich nicht in der Wohnung lösen darf. Ich muss die Sprühflasche und den Lappen immer seltener holen und zu meiner großen Freude nicht mehr aller zwei Stunden mit dem Hund in den Hof laufen.

„Weg da!" Werner schubst Benno zur Seite und dreht sich zu mir um. „Schau dir das mal an!"
Er zeigt auf eine Büchse Hundefutter. Ich kann nichts ungewöhnliches erkennen.
„Sieh doch, die Büchse ist vollkommen verbeult. Und hier ...", Werner zeigt auf eine Stelle, „hat der verrückte Hund sogar ein Loch reingebissen."
„Warum sollte ein Hund in eine Büchse beißen? Durch das Blech kann man nichts riechen."
„Ein Hund schon. Benno weiß ganz sicher, dass darin sein Futter ist."
Ich schüttle den Kopf und kann es mir beim besten Willen nicht vorstellen. Aber an der

Büchse erkenne ich eindeutige Bissspuren.

„Runter! Hau ab!", schreit Werner.

Ich laufe ins Büro und sehe gerade noch den Hund vom Schreibtisch springen. Er hat eine Semmel im Maul! Unser Frühstück!

„Wie ist der kleine Hund überhaupt auf den Schreibtisch gekommen? Er ist doch keine Katze."

„Was weiß ich. Vielleicht ist er zuerst auf den Stuhl gesprungen und dann auf den Tisch, wo der Teller mit dem Frühstück steht."

„Aber herunter direkt vom Tisch auf den Boden! So was habe ich noch nie gesehen."

„Wirst du auch nicht mehr sehen. Mir reicht´s! Wir bringen den Hund zurück."

Erschrocken schaue ich Werner an.

„Das ist kein Hund, das ist eine Fressmaschine. Alles will er fressen. Alles zerbeißt er. Schau dir seine Decken an! Alle sind zerrissen und voller Löcher. Vom Spielzeug ganz zu schweigen."

Das stimmt. Benno zerbeißt Bälle, Kissen, Plüschtiere, sogar spezielle Hundespielsachen, die extra für Hundezähne entwickelt sind und angeblich nicht kaputt gehen. Schon nach wenigen Minuten hat er alles zerlegt, das Quietschteil herausgebissen, Taue aufgedreht. Und gestern das Kabel. Es ist zum Verzweifeln! Draußen im Wald ist es noch schlimmer. Kaum ist Benno von der Leine, findet er Taschentücher, Plastikbecher, große Einkaufstüten und was weiß ich nicht alles. Er schnappt sich seine Beute und rennt davon. Dabei schaut er mich an, als würde er lachen. Er weiß, dass ich ihn nicht fangen kann. Zurück kommt er erst, wenn er die Lust an diesem Spiel verloren oder das Teil komplett aufgefressen hat.

Werner will nach Benno greifen und ihn bestrafen. Für den Hund ist das ein Spiel. Er legt sich hin und wartet. Kurz, bevor Werner zufassen kann, springt der Hund zur Seite und rennt davon.

Ich habe eine andere Taktik. Ich gehe so schnell wie möglich in eine andere Richtung und zeige kein Interesse an Bennos Beute. Dann hält er seine Beute für wertlos, lässt sie liegen und läuft mir nach. Dabei rufe ich fröhlich: „Hier!" Zur Belohnung erhält er ein Leckerli.

Dieser Trick funktionierte bei Patrik nie, denn der mochte keine Naschis.

„Das ist also der kleine Mitbewohner", sagt meine Mutti begeistert.

Benno springt freudig an ihr hoch. Sie freut sich über diese stürmische Begrüßung. Ich weniger. Ich versuche, ihm das Anspringen abzugewöhnen und bitte die Besucher, den Hund nicht zu beachten bis er ruhiger ist. Doch meine

Mutti lacht nur und will mit Benno spielen.
„Komm!", ruft sie. „Ich habe Naschis für dich."
Sie holt eine große Tüte Kekse aus ihrer Tasche.
„Die verfütterst du aber nicht alle."
„Nein, nein", versichert sie eilig, doch ich glaube ihr nicht.
Mutti ist etwas zu früh gekommen. Das Essen ist noch nicht fertig. Ich will Spaghetti mit einer Schinkensahnesoße kochen. Doch zuerst setze ich mich zu Mutti aufs Sofa. Sie besucht mich sehr selten. Heute ist sie allein wegen Benno hier. Werner gießt uns ein Glas Sekt ein und wir stoßen an.
„Auf den seltenen Besuch."
Wie hat Werner das gemeint? Freut er sich, dass Mutti so selten zu uns kommt?
Ich gehe zurück in die Küche und will den Schinken in Würfel schneiden. Das Messer liegt neben dem Brett, doch der Schinken fehlt. Im Kühlschrank finde ich ich ebenfalls nicht. Ich erinnere mich plötzlich ganz genau, das große Schinkenstück bereits auf das Schneidebrett gelegt zu haben.
„Benno! Wo ist Benno?"
„Warum schreist du? Er liegt friedlich in seinem Körbchen."
Ich renne zu ihm, er duckt sich sofort ab. Er wird doch nicht ein ganzes Pfund Schinken

gefressen haben! Ich greife blitzschnell in den Hundekorb, doch Benno ist schneller. Er springt heraus, lässt dabei das Schinkenstück fallen. Ehe er erneut zuschnappen kann, kann ich es greifen. Viel hat der Hund noch nicht gefressen. Aber das schöne Stück ist nicht mehr zu gebrauchen, denn es ist überall von scharfen Hundezähnen zerbissen.

Meine Mutti lacht schallend. Werner lacht nicht. Ich verziehe mich besser wieder in die Küche und koche Spaghetti mit Zucchini und einer Sahnesoße. Ohne Schinken. Nur mit einem Rest Salami.

„Was machst du jetzt mit dem schönen Stück Schinken?"

Mutti lacht wieder und stört sich nicht an Werners finsterer Miene.

„Schön? Willst du es haben?"

„Sei nicht albern! Was ist schon dabei?"

„Sag bloß, du hättest den Schinken noch gegessen?"

„Warum nicht?"

Mutti beugt sich zu Benno herunter, der natürlich direkt neben ihr sitzt und darauf wartet, dass etwas vom Tisch fällt. Sie hebt den kleinen Hund hoch und drückt ihm demonstrativ einen lauten Schmatz direkt auf die nasse Hundenase.

„Igitt! Du schreckst wohl vor gar nichts zurück?"

Werner schüttelt sich.

„Vielleicht sollte ich die angebissenen Stellen ein wenig abschneiden", überlege ich. „In der Pfanne gebraten ist es sowieso egal."

„Unterstehe dich!" Werner ist entsetzt. „Das kannst du allein essen."

Mutti lacht. Sie schaut Benno an und sagt: „Da hast du Glück gehabt, Benni. Jetzt darfst du das ganze Stück allein fressen."

Nun muss auch ich lachen.

„Wie kann ein so winzig kleiner Hund so hoch springen?" Mutti ist beeindruckt. „Deine Arbeitsplatte ist mindestens ein Meter hoch."

„Fast - immerhin 90 Zentimeter", korrigiert Werner.

„Und Benno? Kaum eine handbreit hoch." Mutti lacht. „Überlege doch mal, wie hoch du springen müsstest bei deiner Länge." Freundlich stupst sie Werner mit ihrem Ellbogen gegen seinen Arm.

„Ich bin schließlich kein Hund. Aber du hast Recht."

Uns ist unbegreiflich, wie so ein winziger Hund einen Meter hoch springen kann. Es steht kein Stuhl in der Nähe, den Benno hätte zu Hilfe nehmen können. Mir fällt ein, dass mich der Tierarzt auf Bennos ungewöhnliche Sprungkraft aufmerksam gemacht hat.

Werner stellt sich vor die Arbeitsplatte und

versucht zu ergründen, auf welchem Weg der kleine Hund hier herauf springen konnte. Er schüttelt fassungslos seinen Kopf.

Dann beschreibt er, wie Benno unser Frühstück vom Tisch geholt hat. Mutti schlägt sich vor Vergnügen mit der Hand auf ihren Schenkel. Allerdings ist der Schreibtisch nicht so hoch wie die Arbeitsplatte in der Küche und es stehen zwei Stühle davor.

Wir erzählen zu Muttis Vergnügen noch lange von Bennos lustigen Streichen.

Bis zum Wald laufen wir nur zehn Minuten. Vorher müssen wir die stark befahrene Ausfallstraße Richtung Freiberg überqueren. Anfangs nahm ich den kleinen Hund einfach auf den Arm und nutzte eine passende Lücke zwischen dem Fahrzeugstrom. Jetzt lasse ich den Hund an der Leine über die Straße laufen. Zumindest versuche ich das. Während ich auf eine günstige Gelegenheit warte, duckt sich Benno und stemmt sich gegen den Boden. Sobald ich losrenne, springt Benno heftig zur Seite, nach vorn, nach hinten, wieder zur Seite. Mit solch einem kreiselnden Tier über die Straße zu kommen, ist wirklich nicht einfach. Vermutlich spürt Benno meine Unruhe und hat vor den Autos und vor allem vor den laut donnernden Lastern und tief brummenden

Bussen große Angst.
Um ihn an die Autos und deren Lärm zu gewöhnen, laufe ich nun täglich einige hundert Meter an dieser Straße entlang, bevor wir in den Wald gehen.
Im Wald wähle ich täglich eine andere Tour und wechsle häufig die Richtung. So muss Benno auf mich achten und lernt, sich zu orientieren. Zumindest ist das mein Plan. In Wirklichkeit schießt Benno sofort davon, wenn ich die Leine vom Halsband löse und ist im Dickicht oder hohem Gras verschwunden.
Wenn er eine Pfütze sieht, legt er sich mitten hinein, dreht sich glücklich auf jede Seite und sogar auf den Rücken. Dabei bleibt keine einzige Stelle an seinem Fell trocken oder sauber.
Mit Patrik war das einfacher. Er mochte keine Pfützen, er wich ihnen aus, auch Schlamm war ihm unangenehm.

Es klingelt. Bevor ich an die Tür gehe, schließe ich sorgfältig die Zwischentür zur Stube, damit mir Benno nicht nachlaufen kann. Der Postmann steht vor mir und gibt mir ein Paket. Während ich unterschreibe, kracht hinter mir die Stubentür gegen die Wand. Benno schlüpft an mir vorbei und rennt hinaus auf den Hof. Schnell laufe ich ihm nach, ohne den Postmann weiter zu beachten.

„Benno!"

Benno bleibt stehen, dreht sich um und schaut mich an. Dann kriecht er unter dem Zaun hindurch ins Nachbargrundstück. Dort ist eine große Wiese, mittendrin ein riesiges Loch, daneben steht ein Bagger. Der Fahrer kann den kleinen Hund nicht sehen und wird ihn am Ende verletzen oder gar plattwalzen. Was mache ich jetzt? Ein Tor gibt es nicht. Ich muss unseren Hof durchqueren, den Fußweg an der Straße entlang und um das große Nachbarhaus herum laufen - erst dann sehe ich die Wiese mit dem Bagger. Doch Benno sehe ich nicht.

„Benno!"

Ich laufe auf der Wiese hin und her. Am Rande sind Sträucher. Auch dort finde ich Benno nicht.

„Benno! Bennie! Komm!"

Benno kommt nicht.

„Huhu! Da ist er!" Herr Neubert aus einem anderen Nachbarhaus steht auf dem Balkon im ersten Stock und zeigt mit der Hand in die entgegengesetzte Richtung. „Dort!"

Ich folge seinem Arm mit den Augen. Herr Neubert meint das Grundstück nebenan. Dazwischen ist ebenfalls ein Zaun. Ich muss also den ganzen Weg zurück gehen und versuchen, von der anderen Seiten näher an

Benno zu kommen. Einen Zugang zum Grundstück sehe ich nicht, doch jetzt sehe ich Benno. Er gräbt ein Loch in den Rasen. Auch das noch!

„Benno, hier!", locke ich.

Benno schaut kurz hoch und buddelt einfach weiter. Grashalme und Dreck fliegen in hohem Bogen auf den Rasen. Ich krieche auf allen Vieren durch einen Strauch und bin auf der anderen Seite. Langsam gehe ich auf Benno zu. Benno buddelt. Jetzt bin ich neben ihm, bücke mich … der Hund rennt weg. Es hat keinen Zweck, ihn fangen zu wollen. Mir bleibt nichts anderes übrig, als zu unserem Haus zurückzugehen.

Ich setze mich ziemlich ratlos auf die Stufen vor unserer Haustür und stütze meinen Kopf in die Hände. Wenn Benno nun auf die Straße läuft, während ich hier untätig herumsitze?

„Was machst du denn hier auf der Treppe?", fragt mich eine Nachbarin.

„Ach, Petra, Benno ist mir entwischt. Jetzt tobt er dort drüben ...", ich nicke in die Richtung, „...auf der Wiese und hat keine Lust, zurückzukommen."

Petra lacht. „Dieser kleine Schelm." Doch im gleichen Moment wird ihr die Situation klar und sie hält vor Schreck ihre Hand vor den Mund. „Kann ich dir helfen?"

Ich schaue sie dankbar an. „Gern, aber wie?"
„Ich stelle nur schnell meine Tasche ins Haus."
Petra nimmt den Hausschlüssel und sperrt die Tür auf. Im gleichen Moment huscht Benno an uns vorbei ins Haus hinein. Er rennt die Treppen nach oben. Schnell schiebe ich Petra ins Haus und schließe hinter uns die Tür. Benno ist zwar bis ganz nach oben ins Dachgeschoss gelaufen, doch dort lässt er sich widerstandslos auf den Arm nehmen und ins Erdgeschoss in unsere Wohnung tragen.

„Wir hatten vereinbart, immer die Türen zu schließen." Werner ist sauer.
„Ich habe die Tür geschlossen. Wirklich!", beteure ich.
„Ganz sicher nicht!"
„Doch. Ich bin mir ganz sicher."
Werner winkt genervt ab, nimmt sich die Zeitung, legt sie gleich wieder zur Seite. „Du solltest in der Lage sein, mit so einem kleinen Hund fertig zu werden."
„Klug daherreden kann ich auch."
„Du wolltest einen Hund!" Werner schaut mich an. „Also kümmere dich um ihn!"
Ich kümmere mich um ihn. Und zwar den ganzen Tag. Ich gehe morgens sieben Uhr eine Runde um den Block. Ich lasse ihn am Vormittag kurz auf die kleine Wiese am Haus.

Am Nachmittag spazieren wir fast zwei Stunden durch den Wald. Nach dem Abendessen darf er auf dem nahen Feld rennen und halb elf Uhr in der Nacht noch einmal um den Block laufen. Dazwischen habe ich Spielminuten, in denen ich Benno den kleinen Ball zuwerfe oder ein Naschi in einem Handtuch verstecke. Ich kümmere mich sehr wohl um unseren Hund. Werner nicht. Er begleitet uns am Wochenende in den Wald. Da muss Benno an der Leine bleiben, damit er nicht weglaufen kann. Werner hat keine Geduld zu warten. Er wird wütend, wenn der Hund Taschentücher und Plastikbecher frisst. Und er mag es nicht, wenn Benno in jede Pfütze springt. Noch weniger mag er, wenn ich Benno vergnügt „mein kleines Schweinchen" nenne. Werner schimpft den Hund eine Pottsau.

„Was sollte ich deiner Meinung nach anders machen?"

„Keine Ahnung. Jedenfalls braucht der Hund Erziehung."

„Du hast recht", lenke ich ein. „Gleich morgen melde ich ihn in der Hundeschule an."

Mittwoch. Ich bin gespannt, was Benno macht, wenn er die vielen Hunde trifft. Schon vom Parkplatz aus sehe ich mehrere Leute mit Welpen an der Leine. Und es werden immer mehr. Ein kleiner Berner Sennenhund, zwei Schäferhunde, ein Dackel. Benno springt an der Leine hoch und hin und her vor Aufregung. In der Mitte des Platzes steht eine Frau, offenbar ist sie die Trainerin. Ich gehe mit Benno zu ihr.

„Guten Tag. Mein Name ist Richter. Ich habe Ihre Adresse im Internet gefunden und möchte mit meinem Hund Ihre Welpenschule besuchen."

„Tach, bin die Elke. Impfausweis dabei?"

Ich nicke und halte ihr den Ausweis entgegen. Elke schaut kurz hinein und reicht ihn mir zurück, während sie bereits weitergeht und ruft: „Ableinen!"

Ich leine Benno ab. Er stürzt sich sofort mitten ins Gewühl und kümmert sich nicht mehr um mich. Er springt über den Dackel und rast in großen Kreisen mit zwei kleinen Dobermännern über den Platz. Leider habe ich nicht an den Fotoapparat gedacht.

„Ruft eure Hunde!"

„Benno! Bennie! Komm, Hundi, komm!"

„Dein Hund hat einen Namen", weist mich Elke zurecht.

Natürlich hat mein Hund einen Namen. Meine Kinder haben auch Namen. Trotzdem rufe ich meine Tochter nur selten Katrin. Je nach Laune nenne ich sie Kati, Katrinchen, Sonnenschein,

Käferchen, Mäuslein – was mir so einfällt. Mein Hund kennt meine Stimme und weiß, wenn ich ihn rufe. Er hört mich sicher, doch er gehorcht nicht immer.

Alle Hunde sind inzwischen bei ihren Haltern. Nur Benno nicht. Er rennt fröhlich über den Platz und will seine neuen Freunde zum Spielen anstiften. Endlich kommt er zu mir und lässt sich anleinen.

„Lasst die Hunde absitzen!"

„Benno, sitz!" Benno schaut mich an. „Sitz!", wiederhole ich und hebe den Zeigefinger. Benno springt zur Seite. Das wird jetzt nichts. Es gibt so viel interessantes zu sehen. Ich rucke kurz an der Leine.

„Benno, sitz!", versuche ich es noch einmal. Benno schmeißt sich auf den Rücken und wälzt sich im Gras. Ich ziehe wieder kurz an der Leine und fange an zu schwitzen.

„Du musst ihm ein Naschi vor die Nase halten! So!" Elke macht es vor. Benno springt hoch und schnappt sich das Leckerli. Dann setzt er sich und will mehr.

„Jetzt du!", fordert mich Elke auf.

Mir geht das Geduze auf die Nerven. Ich mag das nicht. Ich kenne die Frau nicht und weiß auch nicht, ob mir diese Schule gefällt. Doch ich sage nichts und halte meinem Hund ein Naschi vor die Nase. Sofort schnappt er

danach und springt an mir hoch. Er will mehr.
„Lass das!"
„Du musst die Knie nach vorn drücken. So!" Elke reißt mir die Leine aus der Hand und drückt ihre Knie gegen meinen Hund. Erschrocken springt Benno zur Seite, aber Elke ist schneller und hält die Leine so hoch, dass mein Hund fast in der Luft hängt.
„Sie tun ihm weh!"
„Das Anspringen musst du ihm abgewöhnen!"
„Aber doch nicht so grob."
Ich will Elke die Leine wieder abnehmen, aber sie ist losgerannt. Mit MEINEM Hund. Das gefällt mir nicht, Benno offenbar auch nicht. Er schaut sich beim Rennen um und scheint mich zu suchen. Dabei stolpert er über seine eigenen Beine.
„Alle im Kreis hinter mir her!", kommandiert Elke.
Ich stehe am Rand und weiß nicht, was ich machen soll.
„Jetzt bekämpfen wir die Angst." Schon ist Elke an einem kleinen Häuschen, öffnet die Tür und sperrt Benno ein.
Jetzt wird es mir zu dumm. Was soll das? Will sie den Hund traumatisieren? So ruhig wie möglich gehe ich zu dem Häuschen und hole meinen Hund heraus. Dann verlasse ich mit ihm grußlos den Platz. Eine Hundeschule habe

ich mir anders vorgestellt.

Werner schüttelt den Kopf. „Ständig hast du was zu meckern. Die Trainerin weiß, was richtig für die Welpen ist. Du willst dich nur nicht unterordnen."

Unterordnen ist wirklich nicht meine Stärke, einfügen schon eher. Aber dazu muss ich wissen, wozu diese und jene Übung nützlich ist. Die Hundetrainerin hat nie erklärt, warum man es so und nicht anders machen soll. Immer nur kurze Kommandos wie beim Militär. Damit kann ich überhaupt nicht umgehen. Auch das Duzen wildfremder Leute behagt mir nicht.

Ich rufe meine Freundin Sonja an und erzähle ihr von dieser schrecklichen Hundeschule. Sonja hört sich die ganze Geschichte ruhig an, dann lacht sie. „Auf Hundeplätzen ist die Höflichkeitsform nicht üblich. Man duzt sich."

„Das wusste ich nicht."

„Im Grunde kannst du Benno die nötigen Kommandos wie „Komm!", „Bleib!" und „Aus!" selbst beibringen. Schließlich ist er nicht dein erster Hund."

Bei Sonja klingt das so einfach und logisch. Sie hatte von Kindheit an immer Hunde um sich. Ich glaube, insgesamt 13 oder 14 Hunde verschiedener Rassen und Größen und Temperamente. Sonja kennt sich aus. Ich dagegen kenne mich nicht wirklich aus.

Patriks Erziehung war allein Katrins Aufgabe. Ich hatte mich kaum um den Hund gekümmert, zumindest während der ersten zwei Jahre. Ich fand Katrin immer zu streng. Ständig musste Patrik irgendwelche Übungen machen wie Sitz und Platz. Ich neckte Katrin, ob sie ihn für den Zirkus trainiert. Später war mir natürlich klar, dass man einen Hund ebenso konsequent wie ein Kind erziehen muss.

Mir wird nichts anderes übrig bleiben, als in meinen vielen Hundefachbüchern nachzulesen und Benno ab sofort allein zu trainieren.

Benno lernt schnell. Die Kommandos „Sitz!" und „Platz!" beherrscht er innerhalb weniger Tage. „Aus!" und „Hier!" kennt er ebenfalls gut und befolgt sie. Zumindest daheim in der Wohnung. Draußen im Wald und vor allem ohne Leine ist das schwieriger. Dort entscheidet er von Fall zu Fall selbst, ob er sich diesen Befehlen fügt oder nicht.

Letzte Woche kam Benno aus dem Gebüsch und trug stolz einen Fuchsschwanz im Maul. Den wollte er nicht auslassen. Es hatte keinen Zweck, zehnmal „Aus!" zu schreien. Ich musste mir etwas anderes einfallen lassen und ging einfach weiter, als ob mich seine ungewöhnliche Beute nicht interessiert. Erst nach einer halben Stunde ließ er den Schwanz fallen und sich anleinen.

Noch länger dauerte es bei einem Knochen. Der war so groß, dass Benno ihn kaum schleppen konnte. Vermutlich stammte er von einer Rehschulter. Mir blieb nichts anderes übrig, als dem Hund zu erlauben, dieses Teil mitzunehmen. Nach fast einer Stunde wurde ihm der Knochen zu schwer. Er legte ihn immer wieder ab und ließ ihn schließlich liegen.

Wichtig ist, dass ich mir die Stelle merke, wo er seine Beute fallen ließ und diese möglichst meide. Benno hat ein gutes Gedächtnis und erinnert sich an alle seine Schätze. Er findet jeden zielsicher wieder und das ganze „Spiel" beginnt von vorn.

Benno läuft mir fast jeden Tag davon. In einem meiner Hundebücher steht, dass sich in solch einem Fall die Hunde langweilen. Das glaube ich nicht. Denn er läuft auch dann weg, wenn ich mit ihm spiele, einen Ball werfe oder Benno Stöckchen zerbeißt. Ein Geräusch oder vielleicht ein interessanter Geruch reichen aus, dass Benno unbedingt danach suchen muss. Es hat keinen Zweck, ihn zurückzurufen. Er hört mich nicht. Er konzentriert sich vollkommen auf seine Spur.

Benno rennt nach wie vor freudig auf jeden Menschen zu, der uns begegnet, und springt an ihm begeistert hoch. Die Leute haben keine

Angst vor dem süßen kleinen Welpen, sie beugen sich zu ihm hinunter und wollen ihn streicheln. Benno ist von so viel Aufmerksamkeit ganz begeistert. Aber ich nicht. Ich würde am liebsten rufen: „Bitte nicht ansprechen und nicht anfassen!"

Montag. Wir spazieren wie gewohnt durch den Wald. Benno springt wie üblich plötzlich ins Gebüsch und ist verschwunden. Kurz darauf höre ich viele Schreie. Ich laufe so schnell ich kann in die Richtung, in die er verschwunden ist, kämpfe mich durch dichtes Gestrüpp und stehe auf einem breiten Weg, auf dem an die zwanzig Kinder spielen. Benno springt freudig zwischen den lärmenden Kindern herum. Die meisten Kinder versuchen kreischend, den kleinen Hund zu fangen. Andere rennen ängstlich schreiend weg. Es herrscht ein ohrenbetäubender Lärm. Am lautesten schreit eine Frau, an deren Jacke sich zwei kleine Mädchen klammern, die sich offensichtlich vor dem Hund fürchten. Auf der anderen Seite steht eine weitere Frau, die vermutlich ebenfalls zur Gruppe gehört. Sie macht keinerlei Anstalten, irgendwie einzugreifen. Zumindest wirkt sie ruhig und ich gehe zu ihr. Benno läuft mir nach, lässt sich aber nicht greifen.

„Ich gehe schnell weiter, mein Hund wird mir nachlaufen."
Das klappt. Nach einigen Metern bleibe ich stehen und sage ruhig: „Benno, komm an die Leine!"
Benno gehorcht. Ich mache ihn fest und laufe mit dem Hund an der Leine zurück zur Gruppe, die immer noch wild durcheinander schreit. Ich wende mich wieder an die ruhige Frau: „Bitte entschuldigen Sie. Mein Welpe muss noch viel lernen."
„Sind Sie verrückt geworden?", brüllt die andere Frau aus sicherer Entfernung. „Ich zeige Sie an!"
Besser wäre gewesen, sie hätte sich um die Kinder gekümmert und für Ruhe gesorgt. Ein Mädchen fasst nach Bennos Ohr. Er zuckt zurück. Dann springt er aufgeregt auf die Kinder zu, weiß aber nicht, wohin er sich zuerst wenden soll. Ich halte die Leine so kurz wie möglich und spreche noch einmal die erste Erzieherin an: „Es tut mir leid, dass mein kleiner Hund Ihre Kinder so erschreckt hat. Er ist noch jung und möchte mit allem spielen."
Die junge Frau lächelt. „Mag sein, aber wir haben die Verantwortung für die Kinder. Wenn nun etwas passiert wäre?"
„Ich verstehe."
Die Sorge der Frau verstehe ich gut. Vielleicht

hat sie wenig mit Hunden zu tun und merkt nicht, wie sehr die Kinder das Tier bedrängen. Ein kleiner Junge packt plötzlich Benno am Schwanz und drückt ihn heftig an sich. Die Erzieherin lächelt immer noch, sagt aber nichts. Entschlossen schiebe ich das Kind zur Seite und gehe verärgert weiter.

„Was ist denn los? Du bist ganz rot im Gesicht." Werner nimmt mich in den Arm.
„Ach. Ich habe mich vorhin im Wald so geärgert."
Gespannt schaut mich Werner an.
„Benno hat eine Gruppe Kinder erschreckt."
„Du liebe Güte! Auch das noch!"
„Du kennst doch Benno. Er ist zu den Kindern gelaufen – weiter nichts."
„Und was ist daran so schlimm?"
„Naja – zwei kleine Mädchen schrien vor Angst. Sie haben mir so leid getan. Ich konnte Benno anleinen und wollte um Entschuldigung bitten." Ich schaue Werner an. „Aber das war überhaupt nicht möglich. Eine Erzieherin kreischte noch lauter als die Kinder. Auch die andere Frau sorgte nicht für Ruhe. Man konnte sein eigenes Wort nicht verstehen."
„Und Benno?"
„Ach, der hatte keine Angst. Eher freute er sich über den Lärm."

„Und warum bist du so verärgert?"
„Weil ich mich so hilflos fühlte. Die eine Frau sah in Benno eine Gefahr und schrie mich an. Die andere hielt Benno offenbar für ein Spielzeug und ließ die Kinder an Benno herumzerren. Gar nicht auszudenken, was passiert wäre, wenn ich Patrik dabei gehabt hätte."
Patrik hätte zugebissen, wenn jemand ihn am Schwanz gepackt hätte. Kinder mochte er sowieso nicht. Die bellte er sofort an, wenn sie sich näherten. Trotzdem wäre er eher weggelaufen und nicht wie Benno mitten hinein in die Gruppe.
„Du musst eben Benno an der Leine lassen."
„Jetzt fange du nicht auch noch an!", fauche ich. „Im Wald höre ich von den Leuten ständig, dass Hunde an die Leine gehören."
„Jedenfalls wäre dann der ganze Ärger nicht passiert."
„Stimmt. Am besten, ich bleibe daheim und sperre Benno in einen Zwinger."
„So habe ich das nicht gemeint. Aber Kinder haben nun einmal Vorrang."
„Natürlich! Was denkst du denn? Aber es gibt Regeln, die auch für Kinder gelten." Mir kommt da eine Idee. „Am liebsten würde ich in den Kindergarten gehen und den Erziehern und Kindern zeigen, wie man sich Hunden

gegenüber verhalten sollte."
Einen Hund kann man mit einem dreijährigen Kind vergleichen. In der Stadt führt man so ein kleines Kind sicherheitshalber an der Hand. Aber nicht im Wald. Da darf es springen und rennen. Ein Hund sollte dies auch dürfen.
„Was willst du den Kindern sagen?", will Werner wissen.
„Dass sie stehen bleiben müssen, wenn ein Hund gelaufen kommt. Sie dürfen nicht schreien und nicht mit den Armen oder Stöcken fuchteln und schon gar nicht ein fremdes Tier einfach anfassen."

An der Kellertür hängt das Schild „Heute Grillabend". Einer der Nachbarn hat es angebracht. Direkt am Haus haben wir einen schönen Grillplatz, den die Männer mit Betonsteinen pflasterten. Um einen großen Tisch stehen vier Bänke für jeweils zwei Personen so miteinander verbunden, dass eine schöne gemütliche Runde für acht Leute entsteht. In die vier Ecken kann man noch Stühle zwischen die Bänke für weitere Besucher stellen. Über allem ist ein Dach aus Holz, so dass man sogar bei Regen draußen sitzen kann. In der äußersten Ecke des Platzes befindet sich ein großer Steingrill, auf dessen Rost mindestens zehn Steaks und noch mehr Bratwürste passen.

Werner besorgt drei Steaks vom nahen Fleischer. Ich rühre einen Kartoffelsalat zusammen mit Zwiebeln, Tomaten und Gurken. Die große Salatschüssel stelle ich auf unser Tablett. Dazu Teller, Besteck, Servietten, Gläser, Bier für Werner und Rotwein für mich. Wir freuen uns auf den Abend in netter Gesellschaft. Jeder bringt sein Grillfleisch mit und einen Salat, von dem alle kosten dürfen. Aus dem Küchenfenster sehe ich, dass Lutz bereits die Grillkohle angezündet hat. Er ist wie immer unser Grillmeister.

Benno umkreist meine Füße und lässt mich keine Sekunde aus den Augen. Er merkt, dass gleich etwas besonderes passiert. Sobald ich aus seiner Kiste die Tüte mit den Knabberteilen hole, ist ihm klar, dass er dabei sein darf und springt vor Freude hin und her.

Werner trägt das Tablett und Bennos gefüllten Wassernapf, ich leine den Hund an. Dann gehen wir raus. Das heißt, Benno schießt mit einem Satz durch die geöffnete Tür und ich fliege gegen den Türrahmen. Mit meiner Hand kann ich mich zwar abfangen, aber sie schmerzt und wird schnell rot.

„Benno!" Ich zerre an der Leine. „Zurück!"

Die Leine hängt locker. Aber nicht, weil Benno auf mich hört und zurück kommt. Das Halsband baumelt lose an der Leine. Ohne Hund. Benno hat sich irgendwie befreit und rennt durch die Haustür hinaus auf den Hof. Hoffentlich nicht wieder aufs Nachbargrundstück. Nein, er läuft zielsicher in die Grillecke, wo bereits sechs andere Hausbewohner sitzen.

Ich setze mich auf die Bank und lege eine Knabberstange neben mich. Sofort kommt Benno zu mir und schnappt sich die Leckerei. Darauf habe ich nur gewartet und greife sein Halsband.

„Sitz!", sage ich streng und leine den Hund wieder an. Jetzt kommt Chris. Sie trägt ebenfalls ein großes Tablett. Benno macht einen großen Sprung Richtung Chris, die immer Naschis für ihn in der Tasche hat. Aber die Leine, die ich an meiner Bank befestigt habe, hält ihn zurück. Dafür wackelt die gesamte Sitzgruppe und alle lachen und wundern sich, wie viel Kraft so ein winzig kleiner Hund hat.

Benno knabbert an einem großen Knochen. Er hat sich beruhigt und wir achten nicht mehr auf ihn. Wir essen, erzählen, lachen und genießen unseren schönen Grillabend. Inzwischen ist es dunkel geworden.

Plötzlich schreit Maria: „Ei! Was macht Benno mit unserer Bank?" Sie hält sich die Hand vor den Mund. Ich folge ihrem Blick und kann nicht glauben, was ich sehe: Benno hat die Bank, auf der ich sitze, mehrere Zentimeter tief abgenagt. Die Spuren der Hundezähne sind im Holz deutlich zu erkennen.

Werner schimpft: „Hast du nicht gemerkt, was dein Hund anstellt?"

Immer, wenn Benno etwas anstellt, sagt Werner DEIN Hund. Hat er etwa einen anderen Hund?

Werners steht auf. „Mir reicht es. Ich bringe DEINE Misttöle jetzt rein."

Schon löst er die Schlinge von der Sitzbank und zerrt Benno ins Haus. Mir tut der kleine Hund zwar leid, aber es schadet nichts, wenn Werner etwas streng zu ihm ist.

Werner kommt zurück und bringt eine Flasche Doppelkorn und acht Schnapsgläser mit.

„Darauf stoßen wir an."

„Worauf? Auf die angeknabberte Bank?"

Alle lachen. Werner dreht das Radio lauter. Die Stones singen, seine Lieblingsgruppe. Die meisten singen mit. Chris tanzt sogar und ruft: „Los! Mittanzen! Bewegt euch!"

„Huch!" Maria schreit auf. „Benno ist hier!"

Ich schaue Werner an. Der steht schon neben dem Tisch, kümmert sich aber nicht um den Hund, sondern läuft ins Haus. Ich rufe Benno, aber in dem allgemeinen Lärm von Stimmen und Musik hört mich der Hund nicht.

Ich kauere mich auf den Boden. Aber Benno ist misstrauisch geworden. Er springt immer hin und her und rennt schließlich auf die Wiese. In der Dunkelheit ist er nicht mehr zu sehen. Ich erinnere mich daran, als er zum ersten Mal weglief und bitte die Anderen, nicht auf den Hund zu achten, sondern sich einfach weiter zu unterhalten. Es dauert nicht lange und Benno tastet sich näher. Er schnuppert am Boden.
In diesem Moment kommt Werner aus dem Haus und Benno ist wieder verschwunden.
„Komm! Ich muss dir was zeigen." Werners verärgerte Stimme duldet keinen Widerspruch. Ich stehe sofort auf und laufe ihm nach ins Haus. Stumm zeigt er auf die weiße Wohnungstür. Die ist von innen völlig zerkratzt, tiefe Rillen graben sich in das schöne Holz der Flügeltür. An manchen Stellen hat der Hund lange Holzsplitter samt Lack abgebissen.
„Ich hatte Benno in die Schlafstube gesperrt. Die öffnet sich nach innen. Wie ist es möglich, dass der Hund die Tür trotzdem öffnen konnte?" Werner hebt die Arme und lässt sie wieder sinken. „Ich kann mir das nicht erklären."
Er setzt sich wieder zu uns in die Grillecke. Die Stimmung ist nicht mehr so lustig und so verabschiedet sich einer nach dem anderen. Nur Jost will mit uns auf Benno warten. Werner

hat seinen Stuhl so aufgestellt, dass er die geöffnete Haustür im Blick hat und gleich sehen kann, ob der Hund von allein durch die Tür ins Haus schlüpft. Nach mehr als einer Stunde stupst es sanft gegen meinem linken Fuß. Es ist Benno! Schnell nehme ich ihn auf den Arm und trage ihn direkt auf sein Schlafkissen.

Von diesem Tag an übe ich mit Benno das Alleinbleiben. Ich gehe zur Tür und befehle streng: „Du bleibst hier!"
Danach ziehe ich mir die Schuhe an und schließe sorgfältig und vor allem geräuschvoll die Wohnungstür ab. Zusätzlich lege ich auf die Klinke der Stubentür eine kleine Büchse, die ich mit kleinen Steinen gefüllt habe. Die Büchse scheppert laut auf den Boden, wenn Benno die Tür zum Flur öffnen will, und erschreckt ihn. Das Scheppern höre ich draußen im Hausflur, kann aufschließen und den Hund tadeln.
Anfangs bleibe ich nur wenige Minuten, später bis zu einer Stunde fort. Länger lassen wir den Hund sowieso nie allein. Ich halte nichts davon, Hunde allein zu lassen. Sie sind Rudeltiere und wollen am liebsten rund um die Uhr bei ihrem Rudel sein. Aber manchmal lässt es sich nicht vermeiden, dass der Hund allein bleiben muss.

Zum Beispiel, wenn ich beim Friseur sitze und Werner plötzlich zu einem Kunden muss und den Hund nicht mitnehmen kann.
Wir sind sehr froh darüber, dass Benno nicht bellt, wenn er allein in der Wohnung ist. Er bellt überhaupt nur, wenn es an der Tür klingelt. Mir fällt es schwer, meinen Hund beim Zurückkommen nicht überschwänglich zu begrüßen. Aber ich habe in einem Hundebuch gelesen, dass man den Hund nicht beachteten soll. Das scheint mir zwar nicht freundlich zu sein, aber es hilft. Der Hund springt nicht mehr an mir hoch, sondern läuft sofort an sein Fach, worin die Naschis liegen. Ich gebe ihm seine Belohnung und alles ist gut.
Patrik machte immer ein riesengroßes Theater und bellte lange, wenn er allein in der Wohnung bleiben musste. Beim Wiedersehen begrüßte er uns sehr laut und überaus freudig. Dann bockte er, ging uns aus dem Weg und knurrte, wenn wir ihn streicheln wollten. Nach ungefähr zehn Minuten hielt er es nicht mehr aus, warf sich uns zu Füßen und wollte lange geknuddelt und geherzt werden.

„Benno! Aus!"
Benno bleibt stehen und schaut mich an. Ich sehe deutlich, dass er etwas im Maul hat und befehle noch einmal: „Aus!" - dieses Mal lauter

und strenger.

Benno denkt nicht daran zu gehorchen. Er rennt mit seiner Beute unter meinen Schreibtisch. Bevor ich mich bücken kann, ist er wieder verschwunden. Er umkreist einen Drehstuhl, wechselt blitzschnell die Richtung und versteckt sich unter Werners Schreibtisch. Benno hat viele Möglichkeiten, sich zu verstecken. Im Moment duckt er sich hinter die breite Drehsäule. Langsam kommt er hervor, setzt sich direkt vor Werner hin und kaut. Er sieht Werner völlig entspannt an – und kaut. So zeigt er deutlich, dass es SEINE Beute ist.

„Aus!"

Sofort ist Benno wieder hinter der Säule verschwunden und schießt fast im gleichen Augenblick hinter ihr hervor. Werner springt auf und reißt dabei seinen großen Werkzeugkoffer um, der scheppernd und klappernd auf den Boden fällt. Benno macht vor Schreck einen Satz zur Seite und wirft Werners Papierkorb um. Benno schnappt hektisch in den Papierhaufen, der aus dem Korb rutscht. Dabei fällt ihm seine alte Beute aus dem Maul. Ich bücke mich und greife schnell zu. Es ist nur Papier.

„Zerkautes Papier – weiter nichts. Wo hat er das her?"

Ich zucke ratlos mit der Schulter und schaue

mich suchend um. Da entdecke ich unter meinem Schreibtisch meinen umgekippten Papierkorb. Den muss Benno vorher bei seiner wilden Jagd umgerannt haben. Ich stelle den Papierkorb an seinen Platz zurück und sammle die herumliegenden Schnipsel ein.
„Warum kaufen wir so viel Hundespielzeug, wenn Benno lieber mit Papier spielt?"
Werner zeigt mit dem Arm in verschiedene Richtungen, wo überall Bälle, Stricke und Plüschtiere herumliegen. Alles Dinge, die Benno mag. Aber er mag nicht allein spielen. Wir haben nicht ständig Zeit für ihn, wir müssen arbeiten. Wir schicken ihn weg, wenn er mit einem Ball zu uns kommt. Aber wenn er den Papierkorb ausleert, dann müssen wir uns um ihn kümmern und Benno hat sein Ziel erreicht.

Es ist Samstag. Wir haben unseren Sohn zum Mittag eingeladen. Axel setzt sich sofort zu Benno auf den Boden und spielt mit ihm. Er wirft Bälle und versteckt die Plüschente unter dem Teppich. Benno gräbt nach seinem Spielzeug.
„Er zerkratzt uns den Teppich!", mahne ich.
Axel lacht. Dann nimmt er den Hund wie ein Baby auf den Arm. Das mag Benno überhaupt nicht. Er strampelt und windet sich, aber Axel hält ihn fest und wippt ihn auf und nieder. Das

ist zu viel. Benno knurrt verärgert.

„Lass endlich den Hund in Ruhe und komm an den Tisch!"

Ich habe Axels Lieblingsgericht gekocht: Schweinebraten mit Kartoffeln und Pilzbohnen. Anschließend gibt es selbstgemachte Waldbeerengrütze mit Vanilleeis.

Nach der Mahlzeit holt Axel seine Zigaretten aus der Tasche. Er weiß, dass er bei uns in der Wohnung rauchen darf. Aber er möchte lieber raus auf die Wiese gehen. Und wie früher Patrik soll ihn Benno begleiten. Dass Axels Zigarettenpause heute so lange dauert, wundert mich nicht. Ich glaube, dass er mit Benno draußen über die Wiese tobt.

Axel kommt zurück. Ohne Benno.

„Der Hund ist weg."

„Bist du etwa ohne Leine mit ihm raus?"

„Das habe ich mit Patrik auch so gemacht."

„Aber Patrik ist nicht Benno. Benno nutzt jede Gelegenheit, wegzulaufen. Jede."

Es hat keinen Sinn zu streiten. Wir müssen Benno finden. Also gehen wir alle drei hinaus. Werner postiert sich an die offene Haustür, falls Benno allein zurück kommt. Axel geht die Straße hinauf Richtung Friedhof. Hier sind vor jedem Haus Wiesenstücke, auf denen der Hund spielen könnte. Ich wähle die entgegengesetzte Richtung und komme an der Ecke an

unserem kleinen Supermarkt vorbei. Die Tür steht offen. Ich höre Leute lachen und kreischen: „Hier ist er! Da lang!"
Sollte Benno in den Laden gelaufen sein? Ich bleibe stehen und lausche. „Halt! Gehst du da weg!"
Entschlossen betrete ich das Geschäft. An jedem Regalende postiert sich ein Kunde und klatscht in die Hände. Vorn läuft die Kassiererin entlang und schiebt einen breiten Besen vor sich her. In der Mitte liegt ein kleiner Junge auf dem Bauch und angelt mit seinen Armen unter ein Regal.
„Entschuldigen Sie. Was ist denn hier los?", erkundige ich mich.
In diesem Moment schießt Benno an mir vorbei durch die Tür und ist verschwunden. Ich laufe ihm nach. Er rennt auf unser Haus zu und einen Moment später höre ich die Haustür zuschlagen.
Benno ist wieder daheim.

Wir treffen zufällig Frau Schneider mit ihrem Othello im Wald. Othello ist ein gutmütiger kastrierter Riesenschnauzer. Er trägt immer einen Gummiball im Maul, den er sofort fallen lässt, sobald er Benno sieht. Benno greift den Ball und gibt ihn nicht mehr her. Bei der letzten Begegnung vergrub ihn Benno im Uferschlamm des Waldteichs und hatte danach das Interesse am Spiel verloren. Ich weiß nicht, ob Othello seinen Ball wieder finden konnte.

Ich winke Frau Schneider zu. Benno ist in wenigen Sätzen bei Othello. Der lässt wie üblich den Ball fallen und Benno rennt mit seiner Beute ins Gestrüpp.

Frau Schneider jammert: „Die Bälle sind so teuer. Fast acht Euro. Mein Mann wird verrückt, wenn er schon wieder einen neuen kaufen muss."

„Wir finden ihn schon wieder", tröste ich.

„Othello verliert keinen Ball", erklärt Frau Schneider. „Er zerbeißt auch keinen. Aber Anja, die Boxerhündin, zerbeißt unsere Bälle. Und Ihr Benno gibt den Ball nicht mehr her."

„Wir locken ihn mit einem Naschi", schlage ich vor.

Frau Schneider kramt in ihrem Beutel und holt ein Leckerchen hervor. Auch ich greife in meine Tasche und halte einen Hundekeks in der Hand. Benno kommt langsam näher. Er schnappt sich das Naschi, anschließend den Ball und weg ist er.

Jetzt hält ihm Frau Schneider den Keks entgegen. Vorsichtig angelt sich Benno die Leckerei von der flachen Hand. Dabei verliert er den Ball. Der kullert zu Seite und ich trete schnell drauf. Das wäre geschafft. Lächelnd

gebe ich Frau Schneider den Ball zurück. Sie versteckt ihn hinter ihrem Rücken. Im gleichen Augenblick springt Benno an ihr hoch und hat den Ball im Maul. Frau Schneider lacht.
„So ein frecher Kerl."
Mit dieser schnellen Reaktion hat sie nicht gerechnet. Ich bücke mich nach einem Stöckchen.
„Benno, schau!"
Doch Benno weiß inzwischen, dass wir ihm nur sein Spielzeug entlocken wollen. Er liegt gemütlich in einer Pfütze und kaut auf seiner Beute. Sobald ich näher komme, saust er mit dem Ball in den Wald. Dort schaut er mich an und ich habe den Eindruck, er lacht mich aus. Frau Schneider lacht nicht mehr.
Sie schimpft: „Ihr Hund hört überhaupt nicht. Ich kenne im ganzen Wald keinen einzigen Hund, der so schlecht erzogen ist wie Ihr Benno."
Ich verstehe ihren Ärger. Trotzdem ist ihre Bemerkung nicht fair. Immerhin zerbeißt Benno die Bälle nicht wie Anja.
Frau Schneider befiehlt: „Othello, hol den Ball! Hol den Ball!"
Othello bleibt stehen und schaut sie nur an. So toll hört Othello also auch nicht. Ich verkneife mir das Lachen.
„Einfacher wäre es, wenn Sie Othello

beibringen, den Ball Ihnen zu geben und nicht den anderen Hunden."

Frau Schneider dreht sich beleidigt zur Seite. Nun will sie selbst eingreifen und rennt auf Benno zu. Der freut sich und springt hin und her.

„Nun gehen Sie schon auf die andere Seite!", ruft sie. „Wir kreisen ihn ein."

Ich schüttle den Kopf. So geht das nicht. Ich habe einen besseren Vorschlag. „Am besten, Sie gehen einfach mit Othello weiter und wir treffen uns in 20 Minuten an der Schutzhütte. Bis dahin werde ich Benno den Ball sicher abgenommen haben."

Benno freut sich, dass er den Ball behalten darf und rennt in langen Sätzen durch den Wald. Ich beachte ihn nicht und gehe auf dem Weg weiter – in die entgegengesetzte Richtung. Bald höre ich sein Halsband klappern und weiß, dass er mir folgt. Ich bleibe stehen und setze mich auf eine Bank. Ich nehme einen Stock und betrachte ihn gründlich, drehe ihn hin und her, halte ihn hoch über meinen Kopf. Benno kommt näher. Ich beachte den Hund immer noch nicht, sondern kratze an der Rinde vom Stock. Plötzlich rennt Benno seitlich in den Wald. Noch bevor ich denken kann, dass meine ganze Mühe vergebens war, ist er zurück. Ohne Ball. Er kommt näher. Ich befehle: „Sitz!" Benno gehorcht. Jetzt kann ich ihn anleinen.

„Such, Benno! Such den Ball!"

Ich glaube allerdings nicht, dass Benno weiß, wo er den Ball fallen gelassen hat. Wir haben so etwas noch nie geübt. Aber mir fällt nichts anderes ein. Benno läuft zielsicher etwa dreißig Meter in den Wald, schnappt ins Gebüsch und hat er den Ball im Maul.

„So ein braver Hund. Feiner Benno. Guuuter Benno."

Ich hocke mich zu ihm auf den Waldboden und umarme ihn. Benno befreit sich sofort. So viel Nähe mag er gar nicht. Also gebe ich ihm einen Keks und gehe zufrieden zur Schutzhütte und Benno darf den Ball tragen.

Es ist Nachmittag. Wie meist um diese Zeit gehe ich mit Benno in den nahen Wald. Benno mag den Wald ebenso gern wie ich. Er besteht aus riesig großen alten Laubbäumen, schmalen und breiten geschwungenen Wegen, vielen Hügeln, kleinen Bächen und einigen Teichen. Benno rennt jeden Hang hinauf. Er braucht keinen Anlauf und überwindet völlig mühelos sogar besonders steile Strecken. Über die letzte Kante springt er wie ein Pinguin aus dem Wasser. Das erstaunt mich immer sehr und ich schaue ihm amüsiert zu.

Plötzlich ist er verschwunden.

„Benno! Hier!", rufe ich verärgert.

Ich verstecke mich hinter einem dicken Baumstamm und hoffe, dass mich Benno sucht. Etwa drei Minuten muss ich warten, dann kommt Benno gerannt. Aber er rennt an mir vorbei.

„Benno! Hier!"

Ich trete hinter dem Baum hervor. Benno kommt zurück und springt freudig an mir hoch. Hoffentlich ist ihm der Schreck, dass ich verschwunden war, in die Glieder gefahren und er läuft nun nicht mehr weg, sondern achtet mehr auf mich. Und richtig: Benno schaut sich ständig nach mir um. Zufrieden laufen wir weiter.

Plötzlich springt Benno zur Seite, rennt einen kleinen Hügel hinauf und ist wieder verschwunden. Wütend klettere ich hinterher. Oben ist ein kleiner Pfad, dem ich nachgehe. Der Pfad gabelt sich. Welche Richtung soll ich einschlagen? Ratlos bleibe ich stehen. Da höre ich einen Hund bellen. Der kräftigen tiefen Stimme zufolge muss es ein sehr großer Hund sein. Diese Richtung schlage ich ein. Ich laufe schneller und versuche, mich zu orientieren. Ich höre nichts mehr. Der kleine Pfad geht steil einen Hügel hinunter und mündet in einen breiten Weg.

„Benno!"

„Suchen Sie Ihren Hund?"

Zwei ältere Damen kommen mir entgegen. Sie lachen.

„Kurz nach der Kurve spielen zwei Hunde miteinander, ein ganz großer und ein kleiner Welpe."

„Vielen Dank!", rufe ich erleichtert.

Benno springt aufgeregt um einen großen Jagdhund herum. Daneben steht eine junge Frau mit sehr langen Haaren. An der Seite liegt ein Fahrrad.

„Guten Tag."

„Hallo", grüßt die Frau zurück.

„Gab es Ärger?"

„Aber nein. Ich wusste nur nicht, was ich machen soll, weil der kleine Hund allein war und sich nicht einfangen ließ."

„Benno ist mir weggelaufen."

„Das dachte ich mir." Die junge Frau lacht. „Ihr Kleiner hat noch Welpenschutz. Sehen Sie, Lord überlässt ihm sogar seinen Knochen."

Jetzt erst entdecke ich, dass Benno mit einem Knochen aus Gummi spielt.

„Oh je! Den wird er so schnell nicht mehr hergeben."

„Wie alt ist denn Ihr Hund?"

„Knapp sechs Monate."

„Ach, das lernt er noch", tröstet die Frau.

Wir unterhalten uns noch eine Weile. Dann hebt sie ihr Fahrrad vom Boden. Benno springt erschrocken zur Seite und lässt den Knochen fallen. Lord nimmt ihn auf und knurrt drohend. Benno kommt zu mir und schmiegt sich an mein linkes Bein. Erleichtert leine ich ihn an.

Mich ärgert, dass Benno so oft wegläuft. Meist kehrt er nach wenigen Minuten zurück. Aber manchmal bleibt er länger als eine Viertelstunde verschwunden. Ich muss dann stehenbleiben und auf ihn warten. Das gefällt mir nicht. Also suche in meinen Hundebüchern nach einer Idee, wie ich ihm das Weglaufen abgewöhnen kann und finde sie.

Ich kaufe eine lange Schleppleine und übe mit Benno. Er lernt schnell. Bei „Hier!" kommt er sofort zu mir, macht Sitz und erhält seine Belohnung. Bei „Aus!" lässt er alles fallen, was er im Maul hat. Allerdings funktioniert das nur an der Leine. Sobald Benno frei läuft, geht er seine eigenen Wege und scheint mich weder zu hören noch zu vermissen.

In diesen Hundebüchern steht, dass sogar gut geschulte Polizeihunde davonlaufen, wenn sie zum Beispiel einen Hasen sehen oder Wild wittern. Also liegt es nicht allein an mir und meiner Unfähigkeit, einen Hund zu erziehen, wenn Benno hin und wieder davonläuft. Für mich ist Bennos Weglaufen ärgerlich – für

einen Hund offenbar normal.
Das Telefon klingelt.
„Richter, guten Tag."
„Hallo. Heißt Ihr Hund Benno?"
„Ja. Warum fragen Sie?"
„Ihre Hundemarke ist gefunden worden."
„Wie bitte?"
„Jemand hat Ihre Hundemarke gefunden."
„Moment!"
Schnell laufe ich in den Flur. Die Leine hängt am Haken, das Halsband ebenfalls. Am Halsband sehe ich nur die Blechmarke mit Bennos Namen und meiner Handynummer, aber die Steuer- und die Impfmarke fehlen. Mich wundert, wieso der Mann meine Nummer kennt, da meine Handynummer am Halsband hängt.
„Wo haben Sie die Marken denn gefunden?"
„Ich habe sie nicht gefunden. Hier ist Tasso."
„Tasso?"
Das klingt wie ein Hundename. Kenne ich den?
„Tasso – die Haustierregistrierung."
„Ach so – jetzt verstehe ich. Aber mein Hund ist nicht verschwunden, er ist daheim."
„Jemand hat die Marken gefunden und uns angerufen. Über die Registriernummer wissen wir, zu welchem Hund sie gehören."
„Verstehe. Und was muss ich jetzt tun?"
„Ich gebe Ihnen die Telefonnummer des

Finders."

Schnell nehme ich einen Stift zur Hand, notiere die Nummer und rufe sofort an.

„Kinderpsychiatrie."

Habe ich mich verwählt?

„Entschuldigen Sie. Ich dachte, meine Hundemarke ... Ihre Nummer habe ich von Tasso."

„Sie sind hier völlig richtig."

Die Klinik liegt direkt am Waldrand. Ein Betreuer hat am Nachmittag mit einer Kindergruppe im Wald gespielt. Eines der Kinder fand die Hundemarke in einem Gestrüpp. Ich kann sofort kommen und die Marke abholen. Die Klinik ist keine zehn Fußminuten von hier entfernt.

Auf mein Klingeln kommen sofort fünf Kinder angestürmt und klopfen von innen gegen die großen Glasscheiben der Türen. Im Hintergrund sehe ich weitere Kinder. Ganz kleine von maximal sechs Jahren und größere im Teenager-Alter. Dann biegt ein Mann mit langen Haaren um die Ecke und winkt mir zu. Ich lächle etwas irritiert, als er einen großen Schlüsselbund nimmt und von innen aufschließt.

„Guten Tag. Mein Name ist Richter. Habe ich vorhin mit Ihnen gesprochen? Sie haben meine Hundemarken gefunden?"

„Ich war´s!" Ein etwa zehnjähriger dicker Junge

springt auf mich zu und ergreift derb meinen Arm. „Ich war´s! Kann ich den Hund?"
Der Mann sagt nichts. Ich auch nicht. Was meint das Kind?
„Mein Hund! Der ist jetzt meine!"
Der Junge schaut mich trotzig an und schlägt nach mir. Ich fange seine Hand ab.
„Nein. Das ist mein Hund. Den kannst du nicht haben", antworte ich schnell.
„Doch!" Der Junge stampft mit den Füßen auf und schreit: „Ich hab´s gefunden! Jetzt ist der Hund meine."
„Das geht nicht." Ich sehe den Betreuer an, der die ganze Zeit lächelnd daneben steht. Er legt dem Jungen einen Arm um die Schulter und beobachtet mich stumm.
„Einen Finderlohn kannst du haben." Ich öffne meine Tasche und zeige dem Mann, dass ich eine Tüte Bonbons für die Kinder mitgebracht habe. Der Mann schüttelt den Kopf.
„Nein, das brauchen wir nicht. Die Kinder haben genug."
Offenbar sind Süßigkeiten hier nicht erlaubt. Ich stecke die Tüte zurück in die Tasche und bitte um die Hundemarken. Dann verabschiede ich mich. Der kleine Junge wirft sich auf den Boden und ich höre den Betreuer sagen: „Du weißt, was das bedeutet: Nachdenken."
Das Kind schreit lauter. „Nein! Nein! Ich will

nicht in das Zimmer. Ich will nicht allein sein. Nein! Nein!"

Der Mann beachtet den Jungen nicht weiter, lässt ihn einfach auf dem Boden liegen. Er dreht sich zu mir um, holt den großen Schlüsselbund aus seiner Tasche und sperrt die Tür auf.

Ich bin erleichtert, als sich endlich die Tür öffnet und ich hinaus kann. Ich versuche, nicht darüber nachzudenken, was in diesem Extra-Raum mit dem Jungen passiert. Auf dem Heimweg stellt sich so langsam Freude darüber ein, dass mir der zeitraubende Amtsweg zu einer neuen Hundemarke erspart bleibt.

Heute ist Sonntag. Wir spazieren durch das wunderschöne Striegistal. Es ist sehr heiß. Wir befinden uns auf einem Hang im Wald, weit unten im Tal fließt die Striegis, ein kleiner Bach. Benno versucht immer wieder, den Steilhang hinab zu laufen, aber er ist angeleint und kann nicht weg.

„Lass ihn doch laufen! Wenn Benno so zieht, könntest du rutschen oder gar den Hang hinunter fallen." Werner klingt besorgt.

Doch ich habe keine Angst um mich, sondern um Benno. Er springt einfach los – gleichgültig, wie steil und tief die Hänge sind. Mir bleibt

dann fast das Herz stehen vor Schreck.
Der Weg mündet im Tal auf eine große Wiese. Ich lasse Benno frei und er ist mit einem Satz sofort im Wasser. Allerdings nicht in der flachen Striegis, sondern im Mühlgraben. Vergnügt paddelt der Hund im Wasser, während wir langsam weitergehen. Plötzlich hören wir ihn wimmern. Schnell renne ich zurück. Benno ist tief unten im Wasser, kann aber nicht heraus, denn der Graben ist eingemauert. Ich halte mich an einem Strauch fest, um nicht die Böschung hinunter zu rutschen und versuche, mit der anderen Hand Bennos Halsband zu greifen. Aber mein Arm reicht nicht bis zum Wasser.
„Werner!"
Werner steht bereits neben mir.
„Gib mir deine Hand!"
Ich halte mich an Werner fest. Aber es geht nicht. Das Wasser ist vom Hang aus nicht zu erreichen und der gemauerte Rand viel zu hoch. Werner legt sich auf den Bauch und rutscht langsam kopfüber Richtung Graben. Ich stemme mich mitten in einen Strauch und halte Werners Füße fest. Mit der Linken Hand krallt er sich an den Mauerrand, mit der rechten kann er endlich Benno greifen. Mit einem Schwung zerrt er Benno aus dem Wasser und wirft ihn den Hang aufwärts. Mir zittern die Hände, als

ich Werners Füße los lasse. Auch Werner sieht blass aus, doch er lacht. Wir setzen uns ins Ufergras. Mir ist zum Heulen zumute, aber ich bin glücklich. Benno schüttelt sich kurz und rennt fröhlich große Kreis über die Wiese.

Auch heute rennt Benno große Kreise über eine Wiese. Das sieht nach purer Lebensfreude aus. Wir stehen auf dem Weg und schauen unserem Hund belustigt zu. Plötzlich spurt er geradeaus, an uns vorbei und über die Wiese auf der linken Seite. Einen Augenblick später ist er im Hochwald verschwunden und nicht mehr zu sehen.
„Was ist denn passiert?", will Werner wissen.
„Ach", winke ich ab. „Wer weiß, was er gerochen hat. Er kommt gleich wieder."
Benno ist selten länger als zwei oder drei Minuten verschwunden, wenn er einer Spur nachrennt. Langsam gehen wir weiter.
„Da! Dort oben kommt er!"
„Benno! Hier!"
Mit langen Sätzen stürmt Benno den Hang hinunter. Und prallt zurück. Er steht auf, duckt sich, legt sich wieder hin und kriecht langsam auf uns zu.
„Der Weidezaun! Benno ist gegen den Draht gerannt."
Ich schreie auf und habe sofort die

schlimmsten Bilder im Kopf. Der dünne Draht könnte ihn schwer verletzt haben. Der Hund hat keinen Ton von sich gegeben. Aber wir haben deutlich gesehen, wie er vom Zaun zurückgeschleudert wurde. Ich beuge mich hinunter und untersuche seine Beine, entdecke zum Glück nichts. Benno zappelt ungeduldig und läuft ganz normal weiter. Langsam beruhige ich mich.

Doch einige Tage später werden Bennos Vorderläufe dick und noch Wochen später zeugen dicke Wülste von verheilten Narben.

Inzwischen kennt Benno diese Stromzäune und duckt sich geschickt darunter hindurch, wenn er auf eine Weide oder Koppel rennt. Dort ist er sicher vor uns und kann sich ungestört in frischen Kuhfladen wälzen oder Pferdeäpfel fressen.

Manchmal sind Tiere auf der Weide. Das ist für Benno besonders spannend.

Schafe bleiben einfach stehen und schauen nur. Erst, wenn Benno auf sie zuläuft, bilden sie eine kleine Gruppe und rennen gemeinsam weg. Das sieht aus, als wenn Benno sie wie ein Hütehund zusammentreibt.

Kühe dagegen kommen sofort neugierig näher und kreisen den Hund ein. Das macht Benno Angst und er läuft weg. Er lässt dabei die Tiere nicht aus den Augen, dreht seinen Kopf nach

hinten, während er nach vorn rennt.
Am meisten freut er sich über Pferde. Mit ihnen rennt er in langen Sätzen über die Koppel und scheint mit ihnen zu spielen. Ich dagegen fürchte immer, dass er unter die Hufe gerät.

Samstag. Die Sonne scheint und wir fahren mit dem Auto ins Gebirge.
„Willst du ein Kräuterbonbon?"
Ich nicke. Werner nimmt ein Bonbon aus der Schachtel und hält es in meine Richtung. Ich greife nicht schnell genug zu, Benno schnappt sich das Bonbon und zerkaut es schnell.
Von Schlettau aus wollen wir eine lange Wanderung durch den Hochwald starten. Wir parken im Ort und laufen die Dorfstraße entlang.
Plötzlich kracht es direkt neben uns und das Holztor wackelt. Im gleichen Moment hören wir einen Hund wütend bellen, der offenbar immer wieder gegen das Tor springt. Erschrocken trete ich zur Seite. Benno duckt sich ab. Diese Leute scheinen keinen Besuch zu bekommen. Wer wagt es schon, an solch einer Tür zu klingeln? Dem Bellen nach muss es ein sehr großer Hund sein. Zu sehen ist er nicht, denn das Tor ist aus massivem Holz und mehr als drei Meter hoch. Sogar der Lattenzaun neben dem Tor ist mannshoch mit Brettern vernagelt.

Der Hund springt wieder gegen das Tor, ich höre eine Kette rasseln.

Empört drehe ich mich zu Werner um. „Wieso ketten sie das arme Tier an? Es ist doch hinter den Zaun gesperrt."

Werner nickt. „Sehen kann der Hund auch nichts. Kein Wunder, dass er durchdreht."

„In jedem Dorf das gleiche Bild. Schau, da drüben zerrt der nächste Hund an seiner Kette! Wissen die Leute nicht, dass das verboten ist?"

„Sicher nicht. In den Wald gehen sie mit ihren Hunden wohl auch nicht."

„Vielleicht haben sie keine Zeit für einen Spaziergang. Trotzdem: an die Kette gehört kein Hund."

„Erinnere dich an deinen Vater. Der ist auf einem Bauernhof aufgewachsen. Für ihn ist ein Hund ein Nutztier wie ein Pferd oder eine Kuh."

„Stimmt. Der Hund musste den Hof bewachen und war ebenfalls an der Kette."

Mein Vater fand das ganz in Ordnung. Sein Hund kam nur von der Kette, wenn die Familie auf dem Feld, im Wald oder im Moor arbeitete. Dann sollte er den Vesperkorb bewachen. Das wäre die richtige Aufgabe für Benno. Ich stelle mir vor, wie blitzschnell er den Korb leer gefressen hätte mitsamt der Verpackung.

„Was hätte wohl mein Vati zu unserem kleinen Wildfang hier gesagt?"

Werner legt mir den Arm um die Schulter. „Er hätte ihn ebenso gemocht wie Patrik."
„Meinst du?"
Als im Haus meiner Eltern die kleine Dachgeschosswohnung frei wurde, zogen wir zu ihnen. Oben im Gebirge hatten wir zwar mehr Platz, aber den brauchten wir nicht mehr, denn unsere Kinder waren inzwischen erwachsen und längst ausgezogen. Beide hatten in Freiberg ihre Lehre abgeschlossen, eine Arbeitsstelle und auch Wohnungen gefunden.
Meine Eltern wohnten ebenfalls in Freiberg, am Stadtrand. Das große Grundstück war umzäunt, so dass Patrik nicht auf die Straße laufen konnte.
Mein Vater wollte weder den Hund noch die Katzen im Haus dulden. Ich sollte Patrik im Schuppen unterbringen, bis ein Hundezwinger aufgestellt wäre. Für mich kam das überhaupt nicht in Frage. Ein Hund ist ein Rudeltier und gehört unbedingt zur Familie. Und zwar rund um die Uhr. Er sollte uns weder bewachen noch Besucher erschrecken oder gar vertreiben. Er sollte uns Gesellschaft leisten bei unseren täglichen Spaziergängen und Wanderungen im Erzgebirge.
Mit einem Zwinger hatten wir es auf unserem Grundstück im Gebirge versucht. Der Zwinger

war sehr groß und sehr teuer. Ich hielt ihn für notwendig, weil unser Grundstück nicht eingezäunt war und ich fürchtete, dass Patrik zu den Nachbarn oder aufs Feld zu den Kühen lief. Diese Sorge war allerdings unbegründet, denn Patrik übertrat die Grundstücksgrenze nie – als wäre ein Zaun vorhanden. Ich mochte keine Zäune und Patrik mochte den Zwinger nicht. Er bellte und winselte nahezu ununterbrochen. Ich glaubte, der Hund würde sich an den Zwinger gewöhnen, aber das war nicht der Fall. Mit tat schließlich der Hund leid und ich sperrte ihn nie wieder in den Zwinger.

Wir richteten ihm ein Lager im Treppenhaus ein. Aber auch das gefiel Patrik nicht. Er wollte zu uns in die Wohnung. Nun gab ich nach und Katrin durfte den Hund in der Wohnung halten.

Damals wusste ich noch nicht, dass Hunde die Nähe zu ihren Haltern brauchen. Ich glaubte, sie wären lieber draußen in einem großen Garten als in einer engen Wohnung. Erst viele Jahre später erkannte ich, dass genau das Gegenteil der Fall ist und sie nur inmitten ihres Rudels glücklich sein können.

Meinem Vater gefiel es nicht, dass ich den Hund und die beiden Katzen trotz seiner Einwände mit in die Wohnung nahm. Er ignorierte unsere Tiere, als wären sie überhaupt nicht vorhanden. Patrik hielt respektvoll Abstand zu ihm. Auch die Katzen machten einen Bogen um meinen Vater, nutzten aber täglich das Loch, das er für sie in seine Schuppentür geschnitzt hatte.

Es dauerte nicht lange, da lagen Patrik und die Katzen gern in der Nähe meines Vaters, wenn er im Garten arbeitete. Also merkten sie sehr wohl, dass er Tiere mochte.

Nachdem mein Vater vor fünf Jahren starb rannte Patrik noch lange zu jedem alten Herrn, der am Stock ging.

Meine Mutter hatte Patrik sofort in ihr Herz geschlossen. Sie spielte mit ihm und ging jeden Vormittag eine kleine Runde mit ihm spazieren. Nach Vaters Tod verkaufte sie das Haus und zog in eine moderne Wohnung in der Innenstadt mit mehreren Supermärkten in der Nähe, die sie zu Fuß erreichen konnte.

Wir suchten uns in der Großstadt Chemnitz eine schöne Wohnung, wo wir noch heute leben.

Unsere Katzen lebten nicht mehr. Franzi verschwand kurz nach unserem Umzug nach Freiberg und Miezi wurde direkt vor dem Haus meiner Eltern überfahren.

Anfangs gefiel es mir nicht in der Großstadt. Der Weg zum Wald war zwar nicht weit, aber bis dahin alles andere als angenehm. Auf den

Fußwegen lagen Papierschnipsel, Hundekackhaufen und vor allem Scherben. Die machten mir richtig Angst und ich achtete darauf, dass Patrik nicht hineintrat und sich verletzte.

Ich erinnere mich an eine Wanderung durch den Wald, als mir Patrik auf drei Pfoten humpelnd entgegen kam. Aus seiner linken Vorderpfote floss Blut, viel Blut. Ich band zuerst Taschentücher darum, doch die waren im Nu blutdurchtränkt. Dann zog ich mein Unterhemd aus und band dieses um Pfote und Bein. So schleppten wir uns zum Auto und fuhren direkt zum Tierarzt. Der stellte fest, dass eine große Glasscherbe Patriks Ballen abgesäbelt hatte. Der Ballen fehlte komplett. Deshalb konnte der Arzt nicht nähen. Er säuberte die riesige Wunde und befestigte einen großen Verband um den kranken Fuß und das halbe Bein. Noch im Auto hatte Patrik den Verband abgebissen. Ich fuhr noch ein zweites Mal zum Tierarzt und ließ die Wunde neu versorgen. Der Arzt riet mir, eine Art Stiefel in der Zoohandlung zu kaufen, um den Verband zu schützen. Patrik konnte damit nur sehr schlecht laufen. Und er versuchte immer wieder, Stiefel und Verband zu entfernen. Die riesige Wunde heilte schlecht. Bei jeder Bewegung und jedem Schritt pulsierte das Blut und suppte durch den Verband.

Allerdings muss ich zugeben, dass dieser schlimme Unfall im Wald passierte und nicht auf dem Fußweg in der Stadt. So langsam beruhige ich mich und suche nicht mehr so gezielt die Wege nach Unrat ab.

Sehr angenehm ist, dass wir gleich zu Fuß in den Wald gehen können. Allerdings trifft man hier so nah an der Großstadt sehr viele Jogger und Radfahrer im Wald. Das ist neu für uns und auch für den Hund. Keiner der Jogger geht langsam am Hund vorbei. Meist haben sie noch einen „Knopf" im Ohr – hören beim Laufen Musik oder telefonieren. Dadurch entgehen ihnen sämtliche Waldgeräusche und auch die der Spaziergänger – zum Beispiel die Rufe der Kinder. Oder von Leuten wie mir, wenn sie versuchen, ihren Hund vom Jogger-Jagen abzuhalten.
Benno spielt auf einer Weggabelung mit vier Hunden. Ich stehe daneben und quatsche mit den anderen Hundehaltern. Plötzlich rennt ein Jogger ungebremst mitten durch die Hundegruppe. Benno begrüßt ihn stürmisch, auch ein größerer Rüde springt auf den Mann zu. Der dreht sich um und schreit: „Weg da! Nehmt sofort die Viecher weg!"
„An Ihrer Stelle würde ich nicht so schreien. Mein Hund mag das nicht", entgegnet eine der

Frauen.

Der Mann bleibt stehen und brüllt: „Wollen Sie etwa Sportler behindern?"

Ich entgegne: „Sie sind gar nicht auf einem Sportplatz, sondern auf einem öffentlichen Waldweg."

„Hunde gehören an die Leine!", schimpft der Mann weiter.

„Und Sportler ins Stadion", ergänze ich. „Es wäre klüger, wenn Sie in der Nähe von Hunden einfach langsamer gehen."

„Wollen Sie mich etwa belehren?"

„Das nicht. Aber wenn Sie diesen Tipp nicht beherzigen, werden Sie wohl oder übel die Konsequenzen wie springende Hunde aushalten müssen."

Die Halterin von dem großen Schäferhund warnt: „Und wenn Sie weiter so schreien, wird Sie mal ein Hund beißen."

Der Jogger rennt weiter. Ich höre ihn noch von weitem schimpfen.

„Dass du so ruhig bleibst", staunt einer der Hundehalter.

„Mitschimpfen bringt nichts."

Ich verabschiede mich und gehe in den oberen Wald, wo erheblich weniger Leute unterwegs sind. Benno zieht mich an der Leine einen steilen Hang hinauf. Der Weg ist sehr schmal und rutschig. Plötzlich schießen zwei Fahrräder an uns vorbei den Hang hinunter. Ich rutsche vor Schreck aus und sitze auf meinem Hintern, Benno springt zur Seite und reißt mir dabei fast die Leine aus der Hand.

Der eine Radfahrer hat sein Rad abgelegt und kommt zu mir zurück. Ich glaube, er will sich erkundigen, ob ich mich beim Sturz verletzt habe und lächle ihm entgegen. Es ist ein sehr junger Mann, fast noch ein Kind von maximal siebzehn Jahren. Der Bursche schaut alles andere als freundlich und brüllt: „Sind Sie verrückt geworden? Ich hätte stürzen können."

„ICH bin gestürzt und zwar wegen deiner Raserei."

„Warum gehen Sie auch hier entlang?" Er zeigt auf Benno. „Und dann noch mit einem Hund."

„Der Weg ist für alle da – nur nicht für rasende Radler."

Ich stehe mühsam auf, was an dem steilen Hang und mit dem herumspringenden Benno an der Leine nicht so einfach ist.

„Ich dachte, du willst mich um Entschuldigung bitten."

„Falsch gedacht."

Der Junge dreht sich um, greift sein Fahrrad und fährt davon.

So ein seltsamer Tag heute. Ob es am Wetter liegt, dass ich gleich zwei so rücksichtslose und giftig schimpfende Leute treffe? Das ist keineswegs immer der Fall, denn es gibt auch nette Jogger und Radler, die sich manchmal sogar bedanken, wenn ich mit Benno an der Leine zur Seite trete.

Benno und ich spazieren durch den Chemnitzer Zeisigwald. Hier laufen wir am allerliebsten, zumal der Wald von uns aus leicht zu Fuß zu erreichen ist.
Plötzlich steht ein junges Reh direkt vor uns auf dem Weg. Es bewegt sich nicht. Auch Benno steht still und schaut. Das Reh springt hinter einen Strauch, Benno versucht, es von der anderen Seite aus abzufangen. Das Reh bleibt wieder stehen, ebenso der Hund. Dieses seltsame Hin und Her dauert sicher länger als eine Minute. Ich wage nicht zu atmen. Dann ist alles vorüber – das Reh und mein Hund verschwunden.
Ich bleibe an der Stelle stehen und warte auf Benno. Ich warte lange, sehr lange. Dann gehe ich langsam weiter. Vielleicht findet Benno den Weg allein nach Hause wie früher Patrik.
„Hallo. Na, ohne Hund?"
Mir kommt eine Frau mit ihrer Hündin entgegen. Ihnen bin ich schon einmal begegnet. Da ich selten die Namen der Hundehalter kenne, heißen sie für mich so wie ihr Hund. Das hier ist Frau Lady.

„Benno ist im oberen Wald einem Reh nachgesprungen."

„Dort wollen wir jetzt hin. Ich bringe Ihnen den Hund nach Hause."

„Ist gut. Auf Wiedersehen."

Was sollte ich auf solch eine unsinnige Bemerkung antworten? Glaubt die Frau, wenn sie ins gleiche Waldstück geht, trifft sie ausgerechnet auf meinen Hund? Und wenn schon. Sie müsste ihn fangen, was bei Benno schier unmöglich ist. Außerdem weiß sie weder, wie ich heiße noch, wo ich wohne.

Daheim erzähle ich Werner vom Reh, vom entlaufenen Benno und von der seltsamen Frau. Ich kann mich darüber nicht amüsieren, weil ich mich um Benno sorge.

„Kannst du nicht mit suchen kommen?", bitte ich Werner.

„Kommt gar nicht in Frage. Pass einfach besser auf DEINEN Hund auf!"

„Wie denn?"

„Wie denn?", äfft mich Werner nach. „Ganz einfach: lasse ihn an der Leine!"

Darüber diskutiere ich nicht. Ein Hund muss auch mal richtig rennen dürfen. Das geht an der Leine nicht.

„Jeden Tag rennt dir DEIN Hund davon. Ich habe das dick. Ein für alle mal."

Werner ist sauer. Und er übertreibt, denn

Benno läuft nicht täglich davon. Natürlich springt er oft vom Weg herunter und hinein in den Wald. Aber er bleibt nie länger weg als zwei oder drei Minuten. Meistens jedenfalls.

„Er kommt schon wieder", versucht er mich zu trösten.

„Aber wie soll er heil über die Dresdner Straße gelangen?"

Die Ausfallstraße Richtung Freiberg ist derart stark befahren, dass ich manchmal mehrere Minuten warten muss, um eine Lücke zwischen dem Fahrzeugstrom zu finden, ehe ich über die Straße huschen kann.

Ein Hund rennt einfach los und könnte überfahren werden. Mir wird ganz übel bei dem Gedanken. Warum habe ich nicht länger auf Benno gewartet? Wenn ich wenigstens Frau Lady begleitet hätte. Vielleicht lockt ihre Hündin Benno tatsächlich an. Lady ist sehr ängstlich, aber mit Benno spielt sie gern.

Ich halte es nicht mehr aus und ziehe meine Jacke wieder an. Als ich die Haustür öffne, stehe ich direkt vor Frau Lady, die beide Hunde an einer Leine hält: ihren und meinen.

Sie erklärt: „Benno kam sofort aus dem Gebüsch. Er sah ganz verstört aus und war richtig froh, als ich ihn neben Lady anleinte. Sehen Sie?"

Sie hebt ihre Hand, mit der sie die Leine in der

Mitte greift. Die beiden Endhaken der Leine hat sie jeweils in die Halsbänder der Hunde geklickt. Eine kluge Frau.
„Und woher wussten Sie, wo ich wohne?", will ich wissen.
Frau Lady lacht und zeigt auf Benno.
„Ich ließ mich einfach von diesem Schlittenhund führen. Er zog mich den ganzen Weg ohne anzuhalten bis vor Ihre Tür."

Mutti hat Geburtstag und alle ihre Freunde und Verwandten in den Freiberger Klosterkeller eingeladen. Auch uns. Neu ist, dass wir Benno mitbringen dürfen. Mutti mag Hunde. Aber kaum einer ihrer Gäste hat einen Hund und die meisten fühlen sich von einem Hund bei einer Gesellschaft gestört. Deshalb durften wir bisher nur zu einer kleinen Nachfeier in ihre Wohnung kommen.
Heute will sie uns dabei haben: Werner, Benno und mich. Ich bin gespannt, wie Benno auf die vielen fremden Leute reagiert. Wir waren schon oft mit ihm in einem Gasthof. Dort legte er sich immer genauso wie Patrik unter den Tisch und knabberte an einem Kauknochen.
Der Klosterkeller ist ein alter Gasthof mitten in der Freiberger Altstadt. Wir kommen gleichzeitig mit all den anderen Gratulanten an. Das heißt: fünfzehn Mal Hände schütteln, Fragen

beantworten, Grüße austauschen, Umarmungen und Küsse – und dabei den kleinen Hund im Auge behalten. Benno verhält sich trotz des ganzen lauten Durcheinanders ruhig. Werner nickt mit dem Kopf ans Ende der hübsch gedeckten Tafel. Ich erkenne sofort, dass das ein guter Platz für uns ist so am Rand, wo keiner der anderen Gäste vorbei muss. Benno legt sich unter meinen Stuhl.
Rechts neben mir sitzt Irmi Meier. Sie ist eine von Muttis Freundinnen und war wie die anderen beiden Freundinnen Lehrerin. Mir fällt kein Tischgespräch ein. Aber ich will nicht unhöflich sein und frage sie, weshalb sie am linken Ohr einen Verband hat. Frau Meier legt beschwörend ihren Zeigefinger an die Lippen und beugt sich ganz nah zu mir herüber. Sie flüstert mir zu: „Mein Fritzi hat mich gebissen."
„Fritzi?"
„Mein Hund. Sie wissen doch."
Stimmt. Mutti erzählte manchmal von Irmis Beagle, der etwas stürmisch ist.
„Wie ist das passiert?", will ich wissen.
„Ach, ich wollte Fritzi bürsten. Das mag er gar nicht leiden. Deshalb halte ich immer seine Pfoten fest. Ich hielt ihn auf dem Schoß und setzte die Bürste an. Da reckte er sich und biss mir ein Stück vom Ohr ab."
„Du lieber Himmel! Das ist ja furchtbar!", rufe

ich erschrocken aus.

Alle Gäste an der Tafel schauen zu mir herüber. Frau Meier lächelt und winkt ab. „Es ist nichts. Ich habe nur etwas lustiges erzählt."

„Lustig finde ich das nicht", sage ich zu ihr, als sich die anderen Gäste wieder ihren Gesprächspartnern zuwenden. „Fritzi hat also nicht nur geschnappt, sondern richtig zugebissen. Und ein Stück vom Ohr?" Ich kann es nicht fassen. „Weiß Mutti davon?"

„Bewahre! Nein! Das wäre jetzt Gesprächsthema Nummer eins und zwar mit immer neuen Ergänzungen. Am Ende würde nicht nur mein Ohr, sondern mein ganzer Kopf fehlen."

Wir lachen beide herzhaft.

Ausgerechnet Tante Hanni wählt den Platz mir gegenüber. Wir haben uns lange nicht gesehen und sie will viel fragen und erzählen. Tante Hanni ist so etwas wie der gute Geist der gesamten großen Verwandtschaft. Sie kennt nicht nur die Namen all ihrer 25 Nichten und Neffen, sondern auch deren Partner und Kinder und neuerdings Kindeskinder. Sie hält zu allen regelmäßigen Kontakt, vergisst keinen Geburts-, Hochzeits- oder sonstigen Feiertag.

Aber Tante Hanni hat große Angst vor Hunden, denn sie wurde als Kind von ihrem Hofhund schlimm gebissen. Diese Angst konnte sie in all den Jahren nicht überwinden. Sie macht um

jeden Hund einen großen Bogen, obwohl sie inzwischen 82 Jahre alt ist und sie nie wieder solch eine schlechte Erfahrung mit Hunden machen musste. Früher hat sie uns fast täglich besucht. Früher, als wir noch keinen Hund hatten. Als Patrik bei uns lebte, schlug sie sogar Einladungen zu Geburtstagen und Weihnachten aus, obwohl sie bis dahin nie fehlte.
Und was macht Benno? Er kriecht unter den Tisch und legt sich direkt auf Tante Hannis Füße. Schnell ziehe ich an der Leine und befehle: „Hierher! Unter meinen Stuhl!"
„Lass nur, mich stört er nicht."
Verwundert schaue ich sie an. Dabei bemerke ich, wie Tante Hanni ein Stück Fleisch unter den Tisch fallen lässt und muss lachen.
„Das Fleisch ist schrecklich zäh. Ich kann es gar nicht kauen."
Nun lache ich noch mehr, denn das Fleisch ist so zart, dass man zum Zerteilen nicht einmal ein Messer benötigt.

„Sieh doch! Bei Benno steht ein Ohr", jubelt Werner.
„Ja – eins steht und das andere hängt schlapp herunter. Das sieht lustig aus."
„Ob sich das andere auch aufrichtet?"
Mir ist das gleichgültig, ob Benno Schlapp- oder Stehohren hat. Patrik sah zwar aus wie

ein Schäferhund, aber an seinen Ohren erkannte man den Mischling. Beide Ohren klappten nach der Seite und wippten beim Laufen fröhlich auf und nieder. Wenn er ärgerlich war, drehte er seine Ohren ganz nach hinten und legte sie flach an den Kopf.
„Du solltest die Ohren massieren. Vielleicht richten sie sich dann auf."
Wozu sollte das gut sein? Doch ich sage: „Mach ich."

Heute wollen wir an der Bober laufen. Der kleine Bach heißt eigentlich Bobritzsch, doch alle nennen ihn Bober. Wir auch. Dort gibt es am Wasser einen schönen Weg über Wiesen und Felsen. Das ist nicht nur für Benno spannend, auch für uns. Wir überqueren den Bach über die alte Schafbrücke, während Benno mit einem großen Sprung mitten ins Wasser platscht. Werner greift einen Stock und wirft ihn ins Wasser, dorthin, wo Benno schwimmen muss. Das gefällt ihm. Wir stehen am Rand und betrachten die wunderschöne historische Steinbogenbrücke. Sie stammt noch aus der Bergbauzeit und ist sicher schon mehr als 500 Jahre alt. Wir überlegen, ob wir einen Abstecher zur nahen Ruine der Lehnmühle machen.
In diesem Moment springt Benno aus dem

Wasser und rennt auf der anderen Bachseite über eine Wiese den Hang hinauf. Oben sehen wir Wildschweine davonlaufen und zählen zwölf kleine und große Schweine.
„Benno! Hier!"
Benno hört nicht. Er rennt weiter und ist bald nicht mehr zu sehen. Was sollen wir jetzt tun? Ratlos schauen wir uns an. Wir haben Angst um unseren Hund. Er kann nicht wissen, wie gefährlich Wildschweine sind.
Wir warten. Es vergehen zehn Minuten, fünfzehn. Wir setzen uns auf die Steinmauer der Brücke. Jetzt springt ein Reh aus dem Dickicht, rennt direkt auf uns zu und kurz vor uns ins Wasser, auf der anderen Seite der Bober wieder heraus und verschwindet im Wald. Dicht hinter dem Reh läuft Benno. Und hinter Benno ein riesiger Eber. Wir halten vor Schreck die Luft an. Zwei Sekunden später ist alles vorbei. Die drei Tiere sind im Wald verschwunden.
„Komm, wir gehen."
Werner packt mich am Ärmel und zieht mich weiter. Der Weg führt steil durch den Wald bis hoch zum Feld. Genau in diese Richtung sind die drei Tiere verschwunden und wir hoffen, dass wir dort unseren Hund finden. Zwanzig Minuten später stehen wir oben am Feldrand. Von Benno ist nichts zu sehen. Wir warten. Wir

warten lange. Schließlich kommt er, wirft sich vor uns auf die Erde und atmet schwer. Erleichtert fallen wir uns in die Arme. Ich hocke mich zu Benno, der am ganzen Körper zittert und nicht einmal den Kopf hebt. Ich untersuche seine Pfoten, den Bauch, den Kopf – alles scheint in Ordnung.

„Vielleicht hat er einen Herzinfarkt?"

„Gibt es das bei Tieren auch?" Werner schaut mich unsicher an. Dann winkt er ab. „Ach was - der Hund ist nur zu lange und zu schnell gerannt."

Und richtig, nach etwa fünf Minuten hat sich Benno erholt und will weiter. Schnell leine ich den Hund an und wir gehen übers Feld zurück zum Auto.

Unser Sohn besucht uns. Wir freuen uns sehr, denn es gibt einen ganz besonderen Anlass: Axel hat in Chemnitz eine Arbeit gefunden und sucht nun eine Wohnung. Zwei der Grundrisse gefallen ihm am besten und er bittet uns, ihn bei der Besichtigung zu begleiten. Beide Wohnungen sind ganz in der Nähe. Wir gehen gleich zu Fuß und stehen in nur zehn Minuten vor dem Eingang zur ersten Wohnung. Davor ist eine Bushaltestelle und man schaut auf einen hübschen kleinen Park mit großen alten Kastanien und Linden. Leider sieht man diesen

Park nicht von der Wohnung aus, denn die Fenster zeigen alle zum Hof und der ist Richtung Norden. Die Wohnung ist entsprechend dunkel.

Die zweite Wohnung ist keinen Steinwurf entfernt an einer kleinen Nebenstraße an der anderen Parkseite. Die Fenster zeigen nach Süden mit freiem Blick über die gesamte Innenstadt. Das gefällt Axel, er will diese Wohnung mieten und kann schon in einer Woche einziehen.

Wir gehen wieder zu uns nach Hause und diskutieren noch lange über die neue Wohnung und die neue Arbeit. Inzwischen ist es dunkel geworden.

„Du kannst bei uns schlafen, wenn du willst."

Axel lacht. „Wo denn? Ihr habt doch gar keinen Platz. Nicht einmal eine Gästeliege."

„Wie wäre es im Büro?"

Schnell hole ich einige Decken, schiebe die zwei Dreh- und die zwei Besucherstühle zur Seite und erhalte so eine ausreichende Liegefläche. Als erstes lege ich Bennos Decke auf den Teppich, darauf unsere warme Angoradecke und schließlich ein Steppbett, dann das Laken. So wird der Junge nicht frieren. Ich beziehe zwei Kissen und eine dicke Zudecke.

Am nächsten Morgen will ich wissen: „Hast du

gut geschlafen?"
Axel schaut mich finster an. „Ich hatte überhaupt keinen Platz. Der Hund nervte mich die ganze Nacht, ich kam nicht zur Ruhe. Immer wieder legte er sich zu mir und versuchte, mich wegzuschieben. Er ließ sich nicht wegstoßen. Furchtbar! Und du lachst auch noch!"
Nein, ich kann mir das Lachen wirklich nicht verkneifen, denn mir ist sofort klar, dass Benno seine Decke gerochen hat, obwohl sie ganz untendrunter lag. Kichernd erzähle ich von der Hundedecke. Noch beim Frühstück malen wir uns aus, wie Benno versuchte, Axels Schlafplatz für sich zu bekommen.
Beim Umzug wollen wir selbstverständlich helfen. Axels Freundin Jenny wird kaum Zeit dafür haben. Sie arbeitet in München und besucht Axel nur an jedem zweiten Wochenende. Die Wochenenden dazwischen fährt er zu ihr. Jenny hat nur ein winziges Zimmer in Schleißheim, das mehr Miete kostet als die gesamte neue Wohnung in Chemnitz.
Zu unserer Tochter Katrin hat Jenny keinen Kontakt, obwohl sie mit ihrer Familie ebenfalls in München lebt. Katrin besucht uns sehr selten. Eigentlich nur zu Weihnachten, weil wir keinen Platz zum Schlafen haben und sie deshalb zum Übernachten mit den beiden

Kindern zu den Schwiegereltern nach Freiberg muss. Dort fühlt sie sich nicht wohl.

Wir halten in München immer zu einem Kurzbesuch, wenn wir in die Alpen fahren. Katrins Mann Uwe mag keine Hunde – schon gar nicht in seinem Haus.

Doch nun werden wir wenigstens Axel häufiger sehen, wenn er hier in der Nähe wohnt.

7:00 Uhr. Zeit für die Morgenrunde mit Benno. Viel Lust habe ich nicht, denn das Thermometer zeigt minus vier Grad an. Ich hole meine dicke Jacke aus dem Schrank und greife nach meinen Handschuhen. Nun will ich Benno anleinen. Aber das geht nicht. Ich muss die Handschuhe erst noch einmal ausziehen, um das Halsband richtig schließen zu können.

Benno springt aus der Haustür und sitzt im gleichen Moment auf seinem Hintern. Vor Schreck bleibt er in dieser Stellung und schaut sich um. Alles ist weiß. Es hat geschneit.

Benno springt auf und rutscht wieder zur Seite. Der Schnee ist weich und gibt über den Pflastersteinen des Hofes nach. Vielleicht ist etwas Eis darunter. Benno setzt vorsichtig eine Pfote vor die andere. Dann schüttelt er sich und beißt in den Schnee. Der Hausmeister hat die Zugänge zu den Autos freigeschaufelt und auf der Wiese einen großen Haufen zusammengekehrt. In diesen springt Benno hinein.

Genauso hat er es im Herbst mit den Laubhaufen gemacht. Wie ein übermütiges Kind wirft er seinen ganzen Körper in die weiche Masse, dreht und wendet sich und gräbt sich so weit wie möglich hinein. Mir bereitet es große Freude, ihm dabei zuzusehen.

Wir gehen in den Wald. Normalerweise ist die Morgenrunde nur ganz kurz durch unser Wohnviertel. Doch Werner musste heute bereits vor sechs Uhr zu einem Kunden. Deshalb habe ich Zeit und kann dem Hund und mir noch etwas Freude im Schnee gönnen.

Benno schnüffelt ohne Pause. Seine Nase klebt direkt am Boden. An manchen Stellen fährt die Nase in den Schnee, einige Zentimeter weiter wieder. Ich schaue genauer hin. Das sind alles Spuren und Benno stupst in jede Tapse seine Schnauze. Was das wohl für Spuren sind? Vermutlich von anderen Hunden oder Wildtieren. Benno kann das sicher besser unterscheiden als ich. Aber ich weiß nun, dass seine Nase richtig zu tun hat. Es ist für ihn wie Nachrichten in der Zeitung lesen.

Benno springt ausgelassen kreuz und quer über die Wege und hüpft in den tiefen Pulverschnee. Er steckt mich an mit seinem

Übermut und ich löse die Leine vom Halsband. Nun ist Benno nicht mehr zu halten. Er rennt in den Wald, kommt wieder heraus, springt über Zweige und immer wieder in den Schnee. Er wirft sich auf den Rücken und wälzt sich hin und her.

Dann rennt er zur Seite und direkt auf den Teich. Der ist zugefroren. Benno rutscht und landet auf seinem Bauch. Sofort will er hochspringen, aber er rutscht wieder weg. Jede Pfote in eine andere Richtung. Es dauert nicht lange und Benno merkt, wie er sich auf dem Eis bewegen muss. Plötzlich gibt die dünne Eisschicht nach und Benno platscht ins Wasser. Erschrocken paddelt er ans Ufer und schüttelt sich. Dann rennt er in den Wald, wirft sich in den Schnee, rennt zurück über den Weg, wälzt sich im Schnee und rennt und rennt. So erkältet er sich nicht.

Der Schnee macht alles hell und freundlich. Es ist Advent. Die Abendrunden liebe ich jetzt ganz besonders. Nahezu alle Fenster sind mit Lichterbögen und Sternen geschmückt und leuchten am Abend wunderschön. Ich gehe trotz der Kälte langsam und erfreue mich an den geschmückten Fenstern. Benno freut sich mit. Allerdings nicht über die Adventfenster, sondern darüber, dass er ausgiebig im Schnee schnüffeln kann, während ich herumstehe und die Häuser betrachte, ohne ihn weiterzuziehen. Auch in jedem unserer Fenster steht ein Schwibbogen oder hängt ein Stern. Wir bevorzugen wie die meisten Leute in unserer Gegend Motive aus dem Bergbau: Bergleute mit ihren typischen Werkzeugen und Laternen, der Holzschnitzer und die Klöpplerin. Oder es sind Motive aus dem Wald mit Bäumen, Häusern, Tieren, Kindern und Schneemännern. Seltener gibt es kirchliche Motive. In einem unserer Fenster stehen traditionell der Bergmann für unseren Sohn und der Bergengel für unsere Tochter. Bunte blinkende Lichter wie bei Verwandten im Rheinland gibt es hier zum Glück nicht.

Unsere ganze Wohnung ist weihnachtlich geschmückt. Besonders natürlich die Stube. Dort sind all unsere Räuchermännchen und die große Bergmannpyramide auf weihnachtlich bestickten Deckchen aufgebaut. Auf dem kleinen Couchtisch stehen der Adventskranz und die kleine Pyramide. Ein riesiger Strauß aus Tannenzweigen ist mit roten Kugeln und kleinen Holz- und Zinnfiguren geschmückt. Auch auf den Schreibtischen stehen ein kleinerer geschmückter Strauß, ein Adventskranz und ein Räuchermann.

Heute treffen wir uns 17 Uhr mit unseren Nachbarn. Wir wollen mit dem Stadtbus zum Weihnachtsmarkt fahren, Glühwein trinken und Bratwurst essen. Benno muss ausnahmsweise allein bleiben. Axel wird nach Arbeitsschluss kurz nach dem Hund schauen und ihm zu fressen geben.
Wir stehen vor dem Haus. Lutz und Chris warten bereits. Sie grüßen nur kurz und zeigen rüber zum Nachbarhaus, wo es blau blinkt und eine dicke Rauchwolke die Sicht versperrt. Es brennt!
„Ich gehe nicht mit! Ich bleibe bei Benno."
„Warte!", sagt Werner. „Ich laufe rüber und schaue nach. Vielleicht ist es nicht weiter schlimm."

Inzwischen gesellen sich die anderen Nachbarn zu uns. Sie haben von ihren Balkonen schon mehr gesehen als wir hier unten im Erdgeschoss. Wir rätseln über die Ursache des Brandes und laufen langsam los. Auf der Straße vor dem Nachbarhaus zählen wir zwölf Fahrzeuge mit Blaulicht: mehrere Feuerwehren, drei Polizeiautos und drei Saniwagen. Dazwischen einige Schaulustige, aber keine hektisch umher rennenden Feuerwehrleute.

Werner läuft auf uns zu und erzählt: „Ein Mädchen hat den Qualm gesehen und Polizei und Feuerwehr alarmiert. Der alte Mann im Erdgeschoss ist vermutlich mit einer Zigarillo im Sessel eingeschlafen. Er muss wegen Rauchvergiftung ins Krankenhaus."

Wir sehen in der Ferne den Bus und laufen schnell die letzten Meter zur Haltestelle. Fast drei Stunden trödeln wir über den wunderschönen Chemnitzer Weihnachtsmarkt. Dann geht es zurück nach Hause.

Vom Brand ist nichts mehr zu riechen und auch nicht mehr viel zu sehen. Nur ein alter angekohlter Sessel liegt umgekippt auf der Wiese neben dem Haus und eine Fensterscheibe im Erdgeschoss wurde mit Brettern zugenagelt.

Als wir die Tür aufschließen, kommt Benno

freudig heraus gerannt und begrüßt alle Nachbarn. Wir winken kurz und gehen in die Wohnung. Benno erhält seine wohlverdiente Belohnung: einen Hundekeks.

Weihnachten. Zum Mittag essen wir Neunerlei. Im Erzgebirgischen Dialekt heißt das Nanerla. So ganz genau halten wir uns nicht an die Tradition, das wäre mir zu aufwändig. Zuerst gibt es eine Linsensuppe. Dann etwas Ölhering auf Brot. Die Hauptmahlzeit sind Bratwurst mit Sauerkraut und Stampfkartoffeln. Als Nachtisch Waldbeerengrütze. Dazu trinken wir Bier von einer Chemnitzer Brauerei.
Anschließend gehen wir in den Wald. Es hat frisch geschneit und ich bin froh, meinen Fotoapparat dabei zu haben. So kann ich viele schöne Winterbilder machen, die ich meiner Freundin Sonja nach Frankfurt schicke. Dort gibt es kaum Schnee. Sie mag auch keinen Schnee. Sicher liegt das daran, dass sie keinen richtigen Schnee kennt, eher nur Schneematsch.
„Weg da! Weg da!"
Ich springe zur Seite und liege im Schnee. Im gleichen Moment rast ein Schlitten an uns vorbei, vor den vier Huskys gespannt sind. Zum Glück hält Werner Benno straff an der kurzen Leine. Er hilft mir auf die Beine.

„Bist du verletzt? Tut dir was weh?", fragt er besorgt.

„Nein, alles in Ordnung."

Ich klopfe meinen Mantel vom Schnee frei. Benno springt aufgeregt an mir hoch.

„Ist das zu fassen? Wie kann jemand mit solch einem Tempo den Hauptweg entlang rasen? Wir sind schließlich nicht die einzigen Leute unterwegs."

„Ärgere dich nicht. Heute ist Weihnachten."

Langsam gehen wir zurück zum Haus. Ich setze Kaffee auf, Werner schneidet zwei Scheiben vom Stollen ab und zündet die Pyramide an. Dann stellen wir den Fernseher an und erfreuen uns wie in jedem Jahr an der schönen Adventsendung „So klingt´s bei uns im Arzgebirg" mit vielen lustigen Winterliedern aus dem Erzgebirge.

Danach ist Bescherung. Ich schenke Werner eine Mütze, weil er seine vor kurzem irgendwo verloren hatte. Ich bekomme von ihm eine Flasche Gebirgskräuter, die wir gleich zur Feier des Tages öffnen. Für Benno haben wir einen neuen Ball, den er uns immer wieder vor die Füße wirft.

Dann gibt es Kartoffelsalat mit Wiener Würstchen. Auch Benno bekommt ein Würstchen. Und wir schauen einen zu Herzen gehende Fernsehfilm. Danach bummeln wir gemeinsam mit Benno um den Block und betrachten die vielen Lichter in den weihnachtlich hell erleuchteten Fenstern.

Heute am 1. Feiertag wird es nicht so ruhig zugehen. Wir haben die ganze Familie zu einem Festessen eingeladen: unsere Kinder mit ihren Partnern, die beiden Enkel, meine Mutti und Werners Schwester mit Mann und Tochter. Werners Eltern sind wie mein Vater bereits verstorben.

Werner hat an die beiden Schreibtische den kleinen Küchentisch gestellt, so dass eine große Tafel entsteht. Darauf breite ich zwei große weiße Tischdecken aus und dekoriere sie mit bunten Weihnachtsservietten aus dem Erzgebirge. Es wird zwar etwas eng, aber wenn wir zusammen rutschen, finden alle zehn Personen Platz. Die beiden Enkel Tim und Tessa sollen am Couchtisch sitzen. Das wird ihnen gefallen.

Die Tomatensuppe ist wie das Rotkraut bereits fertig und muss nur zum Mittag aufgewärmt werden. Die mit Äpfeln gefüllte Gans schmort seit Stunden im Ofen, die Klöße sind ebenfalls vorbereitet.

Aber wo ist Benno? Den habe ich bei all der Arbeit ganz vergessen. Ich suche ihn in jedem Zimmer. Schließlich entdecke ich ihn in der

Schlafstube in einer Lücke hinter dem Schrank. Davor mehrere Häufchen. Was ist das?

„Werner!"

Ich zeige auf die Häufchen. Benno hat sich mehrmals erbrochen. Er liegt mit halb geschlossenen Augen reglos in seiner Ecke. Hat er sich den Magen verdorben? Aber wovon?

„Heute ist kein Tierarzt zu erreichen."

„In die Klinik möchte ich nicht."

Vor meinen Augen sehe ich die Bilder unseres letzten Besuches, als Patrik dort starb.

Ich erinnere mich daran, dass es Patrik einmal furchtbar schlecht ging. Er lag ebenso regungslos wie Benno auf dem Boden und reagierte auf nichts. Ich sah, wie sich sein Bauch krampfte. Werner war mit dem Auto unterwegs und wir konnten erst nach seiner Rückkehr zum Tierarzt fahren. Der stellte eine Vergiftung fest. Zum Glück wurde Patrik wieder gesund.

„Ob Benno Gift gefressen hat?"

Werner zuckt ratlos mit der Schulter. In meiner Not rufe ich meine Freundin Sonja an.

„Was soll ich nur machen? Benno regt sich nicht – nur, wenn er kotzen muss. Stirbt er jetzt? Gleich kommt die Familie."

„Lass ihn einfach in Ruhe. Stelle ihm Wasser oder noch besser Tee hin. Es ist gut, wenn er

viel trinkt. Vermutlich hat er Streusalz gefressen. Du wirst sehen, heute Abend geht es ihm besser und morgen ist alles vergessen."
So richtig kann ich es nicht glauben. Aber ich kann sowieso nicht viel mehr für meinen Hund tun als Tee für ihn zu kochen und ihn ansonsten in Ruhe zu lassen.
Es klingelt. Die ganze Familie steht gleichzeitig vor der Tür. Während Werner meiner Mutter den Mantel abnimmt, ruft sie laut nach Benno.
„Wo bleibt er denn? Er ist doch sonst der erste an der Tür."
Werner schiebt Mutti in die Stube und erklärt ihr, dass Benno krank ist. Nun können auch die anderen Gäste in den Flur treten. Die Kinder sind sehr enttäuscht, dass sie nicht mit Benno spielen dürfen. Ich öffne die Schlafstubentür, lege meinen Finger an die Lippen und zeige in die Ecke hinter den Schrank. Tim und Tessa verstehen sofort, dass sie leise sein und nur schauen sollen. Benno hebt nicht einmal den Kopf, um die Kinder zu begrüßen. Ihm geht es offensichtlich sehr schlecht.
Während der Familienfeier schaue ich immer mal in Bennos Ecke. Er rührt sich nicht, schläft aber ruhig und atmet gleichmäßig. Selbst das Lachen und die Rufe der beiden Kinder locken ihn nicht. Nicht einmal der Duft des Gänsebratens lässt ihn den Kopf heben. Als sich die

Gäste verabschieden, steht er auf, wedelt sacht mit dem Schwanz und lässt sich sogar streicheln. Er trinkt etwas und legt sich wieder in seine Ecke.

Am nächsten Tag springt Benno wie gewohnt munter umher und ich bin mehr als nur erleichtert.

Silvester. Benno geht es gut. Mir weniger, denn ich fürchte, dass Benno die Böller zum Jahreswechsel ebensowenig erträgt wie Patrik.

Patrik zitterte bereits am Vortag bei den ersten Probeknallern der Kinder und weigerte sich, nach draußen zu gehen. Ich habe viel probiert: ihm Beruhigungsmittel eingeflößt, ihn gestreichelt, ihn ausgeschimpft – nichts half. Er wollte weder fressen noch saufen und rausgehen schon gar nicht.

Wird sich Benno ebenso fürchten? Nein, ihm macht der Krach überhaupt nichts aus. Er trippelt fröhlich mitten durch eine Gruppe Kinder, die ihre Knaller ausprobieren.

Am Abend gibt es gebratene Forelle mit Spinat und Stampfkartoffeln. Benno frisst die beiden Forellenköpfe mit großem Appetit.

Wir haben wegen Benno keine Freunde eingeladen und auch selbst keine Einladung zur Silvesterparty angenommen. Wenn der Abend so ruhig und entspannt verläuft wie

bisher werden wir wohl nicht mehr allein ins neue Jahr hineinfeiern müssen wie während der letzten Jahre.
Wir lassen laute Musik laufen und tanzen dazu, stoßen um Mitternacht mit Sekt an und schauen vom Fenster aus dem Feuerwerk zu. Wir sehen Jost auf der Straße, der eine große Kiste neben sich abgestellt hat. Sicher ist die voller Knaller. Werner hält es in der Wohnung nicht mehr aus und läuft hinaus zu Jost. Ich schaue den beiden Männern zu, wie sie Raketen anzünden und sich anschließend anerkennend auf die Schultern klopfen.
„Wie die kleinen Kinder", denke ich und gehe ins Bad, um mich bettfertig zu machen.
Als Werner später zu mir ins Bett schlüpft, flüstert er mir ins Ohr: „Ich freue mich auf nächstes Jahr. Dann kann ich mitballern."
„Unterstehe dich!", drohe ich.
Das ist nicht wirklich ernst gemeint. Werner hat früher immer viel geballert. Mit den Kindern ging er schon nach dem Abendessen vor die Tür, um die ersten Raketen zu starten. Später kaufte er ganze Serien verschiedener Böller. Ich ging nie mit nach draußen, schaute mir das Spektakel lieber vom Fenster aus an.
Erst, als sich Patrik so heftig vor dem Krach fürchtete und stundenlang am ganzen Körper zitterte, verzichtete Werner auf sein geliebtes

lautes Neujahresfeuerwerk.
Werner schnarcht. Ich muss schmunzeln. Der Mann scheint schon beim Ins-Bett-Steigen einzuschlafen. Auch Benno atmet gleichmäßig, obwohl es draußen immer noch ballert.

Es regnet. Der Schnee taut.
„Pass gut auf, wenn du raus gehst!", warnt mich Werner. „Es ist sehr glatt."
Vielleicht nur hier auf den Fußwegen. Sicher ist im Wald noch Schnee. Die Brücke über den Bach am Wald ist komplett vereist. Ich lasse die Leine fallen und hangle mich am Geländer entlang. Doch auch die Waldwege bestehen aus blankem Eis. Ich kann nur am Rand laufen, wo der verharschte Schnee und freigetautes Laub meinen Schuhen etwas Halt geben. Ich muss auf jeden Schritt achten. Das Stapfen am Rand entlang ist ähnlich anstrengend wie das Laufen durch Sand. Mir wird schnell warm.
Auf den kleinen Nebenwegen komme ich erheblich besser voran. Die sind noch verschneit und nicht so glatt. Jetzt kann ich die Leine wieder aufnehmen.
Für Benno ist das alles kein Problem. Er springt ausgelassen wie immer hin und her und wälzt sich im Schnee.
Mir macht die Waldrunde heute keine Freude und ich schlage schnell den Heimweg ein.

Benno hat viele Macken.
Er kämpft zum Beispiel mit dem Staubsauger und auch mit dem Schrubber. Er bellt und will den Staubsauger vertreiben. Deshalb ist es nicht leicht, seine Haare vom Teppich zu saugen und seine Flecken von den Fliesen zu wischen.
Im Auto kann man ihn nicht allein lassen. Zumindest nicht, wenn irgendetwas Essbares darin verstaut ist. Er hat schon Blumensträuße in tausend Teile zerpflückt und Wurstpakete aufgerissen.
Einmal öffnen wir die Heckklappe, um unsere Einkäufe vom Fleischer zu verstauen und trauen unseren Augen nicht. Bennos Decken sind braun verschmiert. Hat er etwa ins Auto gekackt? Aber wo ist der Haufen? Wir schauen genauer hin. Es sieht fast aus wie Schokolade.
„Unser Kuchen!"
Wir heben den Einkaufsbeutel an. Er ist leicht. Beim Bäcker hatten wir soeben einen Marmorkuchen mit Schokoladenüberzug gekauft. Der sollte für unsere nächsten vier bis fünf Vespermahlzeiten reichen. Und diesen Kuchen hat Benno in wenigen Minuten komplett aufgefressen samt Folienverpackung.
„Mir reicht es wirklich langsam mit diesem verrückten Hund. Er kann doch nicht einfach an unsere Sachen gehen."

„Er hat keinen Respekt vor uns. Das ist es." Ich ergänze: „Mich nervt am meisten, dass er mir nach wie vor davonrennt. Ihm reicht die kleinste Öffnung in einem Zaun oder ein Spalt in der Tür und weg ist er. Dann könnte ich ihn packen und … erwürgen könne ich ihn in solchen Momenten."

„Jaja – und wenn er dann wieder auftaucht, herzt du ihn und gibst ihm zur Belohnung noch einen Keks. Tolle Erziehung."

Wir gehen durch die Gärten. Ein Fuchs huscht über den Weg. Benno will ihm nachlaufen, aber ich halte ihn an der kurzen Leine zurück.

An der nächsten Biegung sitzt eine Katze mitten im Weg. Die Katze richtet sich auf, macht einen Buckel und sträubt ihr rotes Fell. Es ist eine sehr große Katze. Sie faucht und weicht keinen Millimeter. Ich befestige Bennos Leine am Zaun und gehe auf die Katze zu. Sie lässt sich hochheben. Ich kann sie leicht auf der anderen Zaunseite absetzen. Jetzt ist der Weg frei. Ich löse die Leine vom Zaun und will weiter, aber Benno sträubt sich und zieht in die Gegenrichtung. Ich drehe mich um und sehe, dass die Katze schon wieder drohend mitten auf dem Weg steht und langsam geduckt auf uns zuschleicht. Jetzt wird es mir unheimlich und ich denke mir, es ist keine Schande, jetzt den Rückzug anzutreten.

Unterwegs fällt mir ein, dass ich mit Patrik ein ähnliches Katzenerlebnis hatte. Wir kamen an einem Bauernhof vorbei, vor dem ein niedlicher kleiner Schäferhundwelpe spielte. Patrik wollte ihn begrüßen und sprang auf ihn zu. Das Hündchen quiekte erschrocken auf und lief zur Seite. Im gleichen Moment schoss aus einem Loch in der nahen Scheune eine Katze, hieb ihre Tatze in Patriks Nase und verschwand wieder. Der kleine Welpe war nicht mehr zu sehen, er hatte offensichtlich den gleichen Weg wie die Katze genommen. Patriks Nase blutete und er hatte seitdem großen Respekt vor Katzen.

Hundegebell reißt mich aus meinen Gedanken. Lange, bevor wir die Dresdner Straße erreichen, haben uns die drei großen Schäferhunde gespürt, die in ein Eckgrundstück gesperrt sind. Benno geht ruhig an ihnen vorbei. Dass er sie nicht beachtet, bringt die drei noch mehr in Wut. Sie springen gegen den Zaun, können Benno aber nicht erreichen. Also fallen sie in ihrem Zorn übereinander her. Als einer der Hunde aufjault, bleibt Benno stehen, hebt ein Vorderbein und seinen Kopf und lauscht. Vielleicht haben sie sich gebissen und Benno tun die drei Hunde ebenso leid wie mir. Die Nächte verbringen sie fern ihrer Besitzer in

Zwingern. Wenn wir die Hunde unterwegs treffen, gehen die Halter mit ihnen tief in den Wald hinein. Die Frau hält die zwei jüngeren an kurzen Leinen, der Mann den Althund. Und er verhindert mit einem extrem langen Stock jede Begegnung mit einem anderen Hund. Mir gefällt das nicht. Auch wenn es drei Hunde sind, so werden sie vermutlich asozial, wenn sie nur sich selbst riechen dürfen.

Ich lasse Benno zu jedem Hund, falls der Halter mir signalisiert, dass er Rüden mag. Am liebsten ohne Leine, damit die Hunde ungehindert herumtoben können.

Inzwischen sind wir mitten im Wald. Uns kommt eine Kuh entgegen. Zumindest sieht es aus der Ferne so aus. Aber es ist ein Hund, ein sehr sehr großer Hund.

„Rüde?", rufe ich.

„Nein, ein Mädchen."

Ein Mädchen von der Größe einer Dogge, nur breiter und mit langem, weißen Fell. Darauf verteilt schwarze Flecken. Es sieht wirklich wie eine Kuh aus – ein Kälbchen.

Ich löse die Leine vom Halsband und lasse Benno laufen. Doch er läuft nicht wie sonst zu dem Hund, sondern legt sich neben mich, den Kopf zwischen den Pfoten. Vielleicht ist ihm die „Kuh" ebenso unheimlich wie mir.

Inzwischen ist der Mann mit seinem riesigen

Hund näher gekommen.

„Debby ist noch ein Welpe. Sie ist sehr tapsig und könnte Ihrem Hund weh tun."

Kaum gesagt hebt Debby eine Vorderpfote und haut sie Benno auf den Rücken. Der liegt sofort flach auf der Erde, springt aber ebenso schnell wieder auf, läuft aufrecht unter Debbys Bauch hindurch – ohne sich bücken zu müssen. Gegen diesen riesigen Hund sieht mein Benno winzig aus. Dabei ist er genau einen halben Meter bis zur Schulter hoch – also größer als der Züchter und der Tierarzt vorausgesagt hatten.

Unvermittelt beginnt ein wildes Jagen. Die Hunde rennen den Weg entlang und springen umher. Zum Glück habe ich dieses Mal den

Fotoapparat dabei und kann dieses seltsame Paar festhalten. Apropos Paar: Benno versucht, Debby zu bespringen. Die Hündin sitzt still und schaut verwundert ihren Halter an, der sich vor Lachen windet. Und mein kleiner Benno hängt halb auf ihrem Rücken, die Beine in der Luft und klammert sich mit den Vorderläufen fest. Das ist ein urkomisches Bild. Nur mit Mühe kann ich Benno anleinen und von seiner neuen Freundin herunterziehen. Noch lange nach dem Abschiedsgruß lache ich.

Heute ist wunderschönes, fast frühlingswarmes Wetter. Benno kommt aus dem Wald gerannt, macht vor mir brav „Sitz", ich leine ihn an. Noch ehe wir weitergehen können, steht ein Mann vor mir. Er sieht sehr bedrohlich aus, hält vor sich ein Gewehr. Der Lauf zeigt zwar nach unten, aber mir ist nicht wohl dabei.
„Ich wollte ihn schon abknallen", sagt der Mann und zeigt mit dem Kopf auf Benno. „Sie haben Glück, dass es so ein schönes Tier ist."
Soll ich mich jetzt für das Kompliment bedanken? Das kann ich nicht. Stattdessen schreie ich: „Sind Sie verrückt geworden?"
„Nein. Ich bin im Dienst. Und da darf ich streunende Hund erschießen. Ich muss es sogar."
„Das glaube ich nicht. Was hat er denn

gemacht?"
„Er ist durch den Wald gelaufen."
„Na und?"
„Das könnte Rehe erschrecken."
„Mag sein. Aber erstens laufen Sie auch durch den Wald. Und zweitens erschrecken Sie die Rehe nicht nur, sondern Sie knallen sie sogar ab."
Ich drehe mich zur Seite und gehe weiter.
„Halt!", brüllt der Mann.
Ich bleibe stehen und wende mich zurück.
„Ist Ihr Hund registriert? Hat er eine Steuernummer?"
„Das geht Sie gar nichts an", erwidere ich patzig
„Eines kann ich Ihnen sagen: wenn ich Sie nochmals erwische, mache ich kurzen Prozess mit Ihnen und Ihrem Köter sowieso. Wenn nicht mein Jagdhund schneller ist und Ihre kleine Töle in der Luft zerreißt."
„Ach – Ihr Hund darf frei laufen und meiner nicht? Und er soll sogar fremde Hunde töten? Dann passt er perfekt zu Ihnen."
Ich drehe mich abrupt um und gehe weiter. Aus den Augenwinkeln versuche ich zu erkennen, ob der Mann mir folgt und mir oder Benno am Ende etwas antut. Ich habe Angst und fange an zu zittern. Aber ich bemühe mich, so ruhig und selbstbewusst wie möglich auszuschreiten. Ich

atme langsam aus und zähle bis drei. Noch einmal. Dann höre ich ein Geräusch hinter mir. Ein Auto. Und das mitten im Wald! Am Steuer sitzt ein Jäger. Ich erkenne den Mann wieder. Mutwillig bleibe ich in der Mitte des Weges. Benno springt zur Seite, als es hupt. Nun trete ich doch an die Seite, damit der Jäger nicht aussteigt. Doch er lässt nur die Scheibe herunter und will etwas sagen. Ich komme ihm zuvor und sage langsam und betont: „Mit Ihrem Fahrzeug richten Sie mehr Unheil im Wald an als mein Hund in seinem ganzen Leben könnte. Nicht einmal, wenn er wildert."

Dann nutze ich einen kleinen Pfad, der seitwärts in den Wald führt. Ganz sicher fühle ich mich immer noch nicht. Hier bin ich allein. Keiner kann mich sehen. Ich zittere immer noch, aber jetzt eher vor Zorn als vor Angst.

Ich kann mir nicht vorstellen, dass jemand einfach so einen Hund abschießt oder eine Katze. Mir ist zwar klar, dass ein Förster seine Aufgaben hat, doch an harmlosen Haustieren sollte er sich nicht vergreifen.

Ich bin froh, endlich den Hauptweg zu erreichen und werde ruhiger. Hier laufen viele Leute – Jogger, Spaziergänger, Mütter mit ihren Kindern.

Eine junge Frau schiebt ihren Sportwagen vor sich her. Ein Kleinkind wackelt zur Seite und droht, in die Saubach zu fallen. Dann sieht es Benno und kommt auf uns zu.

„Ist Ihr Hund lieb?", will die junge Frau wissen.

„Ja, besonders zu kleinen Kindern."

„Perfekt", lacht die Frau. „Mein Kleiner ist ganz verrückt nach Hunden."

Schon kommt der kleine Matz quietschend vor Freude näher und wirft sich auf Benno. Benno bleibt ruhig stehen. Der Kleine bückt sich und will das Hundemaul von unten betrachten. Dabei hält er sich am Ohr fest. Ich lache. Die Frau ebenfalls.

„Sie bleiben so ruhig", wundere ich mich.

„Ich vertraue Ihnen." Sie zuckt mit der Schulter und lacht wieder.

„Naja, meist haben die Mütter Angst und zerren ihre Kinder zurück."

Insgeheim denke ich, dass dies bei Patrik auch nötig und wichtig war. Der hätte sich keinesfalls anfassen lassen.

Der Kleine wirft Steinchen in den Bach und hat das Interesse an Benno verloren. Wir gehen weiter.

Benno schnüffelt und zerrt energisch zur Seite. Dort liegt ein Fuchs hinter einem Baumstumpf. Der schaut uns an, bewegt sich jedoch nicht. Schnell ziehe ich Benno weg. Gleich sind wir an der kleinen Brücke und somit am Ende unserer Runde.

Dort steht wieder das Försterauto. Ich atme tief durch und gehe auf das Fahrzeug zu und zwar direkt zur Tür, wo der unfreundliche Mann sitzt und mir finster entgegenblickt.

„Hallo, suchen Sie einen Fuchs?", frage ich.

Der Mann schaut mich weiter an, sagt aber nichts. Sicher ist er über mich ebenso verärgert wie ich über ihn.

„Da vorn hinter dem dicken Baumstumpf", ich zeige mit dem Arm in die Richtung, „liegt ein Fuchs. Er lebt. Aber vermutlich ist er krank."

„Vielen Dank. Den suche ich seit zwei Stunden."

Der Schreck sitzt mir noch lange in den Gliedern und ich nehme mir vor, es noch einmal mit einer Hundeschule zu versuchen.

„Guten Tag, mein Name ist Richter. Ihre Telefonnummer habe ich von meinem Tierarzt. Der hat mir Ihre Hundeschule empfohlen."

„Aha. Wie alt ist Ihr Hund?"

„Gestern ein Jahr geworden."

„Gratuliere."

„Danke", lache ich. „Allerdings gibt es ein Problem."

„Das wäre?"

„Mein Hund ist eigentlich ein Wildschwein."

„Wie bitte?"

„Ich meine, er ist so unbändig und wild, ich werde nicht fertig mit ihm. Lasse ich ihn an der

Leine, kann er seine überschüssigen Kräfte nicht loswerden. Und wenn ich ihn abmache, läuft er davon."

„Verstehe. Wir machen aus Ihrem Wildschwein wieder einen Hund."

„Erziehung ist wichtig, ich weiß", druckse ich. Mir fallen meine Erfahrungen mit der Welpenschule ein. Und das, was ich auf dem Hundeplatz für Schäferhunde beobachtet habe. Dort wird immer nur ein einziger Hund trainiert, die anderen sind in Boxen oder ins Auto gesperrt und bellen die ganze Zeit.

„Keine Sorge. Ich habe jeden Samstag zwölf bis 20 Hunde auf dem Platz, manchmal mehr. 15 Uhr fangen wir an. Am Anfang und zum Schluss jeder Stunde dürfen die Hunde toben und spielen. Kommen Sie einfach mal her mit Ihrem …"

„Wildschwein?"

„… Wildschwein." Herr Nestler lacht. „Wir schauen, ob es ihm in der Meute gefällt. Die erste Stunde kostet übrigens nichts."

Samstag. Gleich nach dem Mittagessen packe ich den Impfausweis in meine Jacke, Werner möchte uns nicht begleiten. So viele Hunde auf einem Haufen mag er nicht. Er wünscht mir viel Spaß und schaltet den Fernseher an.

Die Hundeschule liegt 15 Kilometer nördlich der

Stadt. Dort kenne ich mich nicht aus, denn Werner und ich fahren immer Richtung Süden ins Erzgebirge, nie in den Norden. Herr Nestler hat die Strecke gut beschrieben und ich finde das kleine Dorf leicht, obwohl ich mehrmals rechts und links abbiegen und sehr schmale kurvige Straßen übers Feld benutzen muss. Am Dorfgasthof parke ich wie besprochen. Von dort führt ein Feldweg zum Hundeplatz. Schon von weitem höre ich viele Hunde kläffen. Benno zerrt an der Leine. Ich habe Mühe, ihn zurückzuhalten.

Auf einer Wiese und an deren Rand stehen mehr als zehn Leute. Die Hunde kann ich gar nicht zählen. Es ist ein wüstes Durcheinander von großen und kleinen Hunden, auch Welpen sind dazwischen. Ein schlanker Mann aus der Gruppe winkt mir zu. Vermutlich ist das Herr Nestler. Ich winke zurück.

Benno strafft sich. Er wirkt viel größer als nur 50 Zentimeter Schulterhöhe, wie er seine Brust reckt und die Beine wirft. Den Kopf trägt er stolz nach oben, die Ohren sind aufgestellt. Ein hübscher Anblick.

Herr Nestler kommt auf mich zu und gibt mir die Hand.

„Hallo. Frau Richter mit dem Wildschwein?"
Ich nicke.
„Ich habe mir Ihren Hund größer vorgestellt. Es

ist eher ein Schweinchen."

Jetzt muss ich lachen. Einige Hunde stürzen auf uns zu.

„Bitte ableinen!"

Schnell löse ich die Leine vom Halsband und Benno schießt davon, mitten hinein in die Meute. Herr Nestler schaut den Hunden nach, dann dreht er sich zu mir um.

„Alles in Ordnung." Auf meinen fragenden Blick ergänzt er: „Benno kam so stolz auf die Wiese. Ich musste damit rechnen, dass er vom Rudel nicht freundlich empfangen wird."

Erschrocken halte ich meine Hand vor den Mund. „Habe ich etwas falsch gemacht?"

„Nein, nein. Ich kenne nur Ihren Hund noch nicht und weiß nicht, ob er Streit sucht."

„Dürfen denn Beißer überhaupt in Ihre Schule?"

„Warum nicht? Dazu bin ich schließlich hier. Wissen Sie, Kommandos wie „Platz!" und „Sitz!" kann man überall üben, auch daheim in der guten Stube. „Komm!" oder „Hier!" ist schon schwieriger, wenn Sie im Wald sind und ein Radfahrer, Jogger oder ein anderer Hund kommt. Das trainieren wir hier alles. Mir ist vor allem wichtig, dass die Hunde miteinander spielen, miteinander auskommen, soziales Verhalten lernen. Gehen Sie in der Stadt spazieren oder eher im Wald?"

„Im Wald", antworte ich.

„Deshalb kann es vorkommen, dass Sie zwei Stunden lang keine Menschenseele und auch keinen Hund treffen. Hier kann Benno sich austoben und viel lernen, vor allem den Umgang mit anderen Hunden."
Ich bin beruhigt. Alles, was Herr Nestler mir sagt, gefällt mir sehr. Jetzt klatscht er in die Hände und ruft: „Wir gehen rein."
Ich schließe mich den Leuten an, die auf ein großes Gebäude zugehen. Es sieht aus wie eine Scheune mit einem riesigen Tor. Drinnen riecht es ungewöhnlich. Es ist ein Pferdestall mit Boxen für viele Pferde. Sie schnauben und einige stecken ihren Kopf über die Bretterwand. Wir gehen einen breiten Gang entlang bis zu einer Holztür. Dahinter ist ein mit Sand und Sägespänen ausgestreuter Platz: eine Reithalle. Sie misst sicher 20 mal 40 Meter. Benno saust mit den anderen Hunden an mir vorbei.
Eine junge Frau schiebt einen Kinderwagen in die Mitte der Reitbahn. Jetzt erkenne ich, dass dies ein kleiner Rollstuhl ist. Darin sitzt ein winziges Kind, das den Kopf schräg nach oben gedreht hält, die Ärmchen baumeln nach den Seiten. Die tobenden Hunde weichen dem Kind aus – keiner rennt im übermütigen Spiel den Wagen um, keiner schnappt nach den kleinen wackelnden Händen. Das wundert mich und

ich bin total beeindruckt.

Herr Nestler läuft an mir vorbei, weist dabei mit dem Kopf zum Rollstuhl und sagt: „Das ist Lars." Laut ruft er: „Leint eure Hunde an und stellt euch im Kreis auf!"

Einige Hunde kennen das Kommando und laufen sofort zu ihrem Halter. Andere müssen mehrmals gerufen werden. Benno hockt sich neben Herrn Nestler und macht einen Haufen. Ich werde rot. Herr Nestler zeigt auf die inzwischen geschlossene Tür.

„Draußen stehen Schaufel und Eimer."

Ein Mann kommt mir zuvor und hat bereits die große Schaufel und einen Eimer voller Späne in den Händen. Erleichtert greife ich zu und beseitige das Malheur.

„Einfach neben die Tür stellen!", ruft Herr Nestler.

Benno sitzt angeleint neben mir.

„Ihr habt schon gemerkt, dass heute ein Neuer dabei ist. Er heißt Benno." Alle schauen zu mir und meinem Hund. „Er sieht aus wie ein Hund, aber Frau Richter sagt, es sei ein Wildschwein."

Wieder werde ich rot und lache etwas verlegen. Ich schaue mich um und sehe nur freundliche Gesichter, meist weibliche und nur drei männliche. Mit den Augen zähle ich die Hunde: neunzehn. Es sind fast nur große Rassen und

Mischlinge. Die Welpen sind weg.

Herr Nestler gibt Kommandos. Wir laufen im Kreis rechts herum, dann in die andere Richtung. Benno versucht, den Hund vor ihm zu erreichen. Oder er springt zurück, um mit dem Hund hinter uns zu spielen. Mir tut bald der rechte Arm höllisch weh, weil Benno nach vorn, nach hinten und nach allen Seiten zieht. Herr Nestler zeigt mir immer wieder geduldig, wie ich die Leine halten muss.

Dann bilden wir zwei Gruppen und stellen uns in zwei langen Reihen auf. Unsere Reihe soll auf die gegenüberliegende Gruppe zugehen, den Hund absitzen lassen und einen anderen Halter mit Handschlag begrüßen. Das sieht einfach aus. Ich gehe mit Benno los und halte vor dem Halter mir gegenüber. Als ich die Hand zur Begrüßung ausstrecke, springt Benno auf dessen Hund zu. Der zuckt zurück, aber der etwas größere Hund daneben packt in der gleichen Sekunde Benno im Genick und drückt ihn zu Boden. Benno windet sich und quiekt. Ich lasse vor Schreck die Leine fallen. Herr Nestler fasst den Angreifer derb ins Fell und wirft ihn grob zur Seite. Er fährt mit beiden Händen über Bennos Fell, tastet ihn kurz ab und sagt: „Alles in Ordnung, nichts passiert. Das war Asta." Mit dem Kopf nickt er in Richtung des Angreifers. „Sie will immer

Ordnung schaffen und hält sich wohl für den Hundetrainer."
Alle lachen. Mir ist nicht nach lachen zumute. Aber ich habe Werner versprochen, nicht wieder verfrüht wegzulaufen, sondern die erste Stunde durchzuhalten.
Ich bin so viele Hunde auf einmal nicht gewöhnt und muss mich voll auf die Kommandos konzentrieren. An der Leine klappt es mit der Zeit immer besser. Benno begreift schnell, was von ihm erwartet wird, läuft gut neben mir, macht Sitz und Platz. Ich bin sehr stolz auf ihn. Und auf mich.
„Absitzen lassen! Leine fallen lassen! Weitergehen!"
Kein Problem. Jedenfalls für mich. Benno nutzt die Gelegenheit und rennt quer über den Platz zu einem anderen Hund.
„Benno! Hier!"
Benno denkt nicht daran, zu mir zu kommen. Er will spielen. Ich muss zu ihm hinüber laufen, die Leine aufnehmen und ihn wegziehen. So geht das immer wieder: an der Leine klappt alles, als hätten wir es schon oft geübt, aber ohne Leine saust Benno zu anderen Hunden.
Die Stunde ist vorüber. Ich bin durchgeschwitzt und völlig erschöpft, während sich Benno ganz offensichtlich köstlich amüsiert und ausgetobt hat.

Am Ausgang stehen zwei Eimer Wasser, an dem sich die Hunde drängen. Alles läuft ohne Balgerei ab. Ich bin sehr zufrieden.
Herr Nestler kommt auf mich zu. „Bis nächsten Samstag?", will er wissen.
Ich nicke und verabschiede mich.

Benno und ich genießen unsere übliche Nachmittagsrunde im Wald. Am Teich stehen zwei Frauen und spielen mit einem riesigen Hund. Er ist so groß wie eine Dogge, sieht aber nicht so furchteinflößend wie eine Dogge aus. Mir ist er trotzdem nicht ganz geheuer. Trotzdem muss ich hingehen, weil Benno längst um den Riesen herumspringt.
Die beiden Frauen lächeln mich an und grüßen freundlich. Eine der Frauen ist etwa in meinem Alter, die andere eher ein junges Mädchen, keine 20 Jahre alt.
„Was ist Ihr Hund für eine Mischung?"
„Afghane und Berner Sennenhund", antwortet das Mädchen.
„Ein wunderschönes Tier."
Der Hund geht mir bis zur Taille, sein Kopf reicht an meine Brust. Er hat langes hellbraunes Fell, der Rücken ist schwarz. Seine braunen Augen schauen freundlich.
„Wie heißt er denn?"
„Jimmy."

Sofort schaut der Hund zu ihr. Ich habe den Eindruck, dass er auch beim Spiel sein Frauchen nicht aus den Augen lässt.

Die Hunde balgen sich und knurren. Die ältere Frau tritt erschrocken einen Schritt zurück, das Mädchen ruft leise: „Jimmy!".

Der Hund steht sofort neben ihr und drückt sich gegen ihre Hüfte. Ich bin total beeindruckt.

„So toll hört mein Benno leider nicht", seufze ich. „Dabei übe ich täglich mit ihm."

„Ich muss nicht üben." Sie gibt dem Hund einen Klaps, sagt „Ab!" und dreht sich zu mir. „Ich bin die Steffi."

Sie reicht mir ihre Hand, die ich sofort ergreife. „Angenehm. Mein Name ist Richter." Ich ergänze: „Bettina."

„Wo ist mein Hund?", fragt Steffi aufgeregt.

„Da vorn! Sehen Sie?"

„Nein. Ich kann nicht sehen. Ich bin blind. Fast jedenfalls."

Verblüfft schaue ich Steffi an. Sie hat wunderschöne große blaue Augen. Die sehen ganz normal aus.

„Ist Jimmy ein Blindenhund? Ich meine, weil er so gut hört?"

„Nein. Aber vielleicht spürt er, dass ich ihn brauche."

Ich weiß nicht, was ich sagen soll. .

„Weißt du, im Wald habe ich immer Angst, weil

ich nicht sehe, wenn ein fremder Hund kommt. Ich kann auch den Weg nicht richtig erkennen. Deshalb gehen wir immer den gleichen Weg. Meist begleitet mich meine Mama." Sie zeigt auf die ältere Frau. Ich gebe ihr die Hand und stelle mich nochmals vor: „Bettina Richter."
„Ich heiße Christina. Christina Munk. Steffis Mama."
Frau Munk hat das gleiche freundliche, runde Gesicht wie Steffi. Ihre blonden Haare sind kurz geschnitten, Steffis lange goldblonden Haare sind straff nach hinten gekämmt und hängen glatt zu einem Schwanz gebunden bis über die Taille.
Ich erfahre, dass Jimmy erst sechs Monate alt ist, also noch ein Welpe. Ob er noch weiter wächst und noch größer wird? Wir gehen gemeinsam weiter, die Hunde verstehen sich gut. An der kleinen Brücke am unteren Waldausgang verabschiede ich mich. Steffi reicht mir nicht nur die Hand, sondern drückt mich an sich.
„Können wir uns morgen wieder treffen? Um vier Uhr hier an der Brücke?"
Ich überlege. So spät gehe ich normalerweise nicht in den Wald. Aber es ist lange hell und deshalb sage ich zu.

Von diesem Tag an gehen Steffi und ich

zweimal pro Woche mit unseren Hunden zwei Stunden in den Wald. Manchmal nehme ich das Auto und wir suchen uns einen anderen Startpunkt als der gewohnte Treff an der kleinen Brücke. Wir fahren an den Zschopaufluss oder in einen anderen Wald. Steffi und Jimmy haben an diesen gemeinsamen Ausflügen ebenso viel Freude wie Benno und ich. Anfangs wähle ich breite Wege ohne Hindernisse. Später werden wir mutiger und wagen uns auf schmale Pfade und an Steigungen. Auf Wurzeln und größere Steine mache ich Steffi aufmerksam. Ansonsten läuft sie nicht anders als ich. Sie sieht nur auf einem Auge gar nichts, auf dem anderen etwa acht Meter weit. Somit fehlt ihr das räumliche Erkennen. Ein Stock ist für sie einfach ein Strich, ein Stein ein Fleck.

Steffi besucht täglich ihr Pferd, das in einem Stall in Pflege ist. Dorthin fährt sie mit der Bahn. Jimmy ist immer dabei. Steffi reitet über die Felder, Jimmy rennt nebenher – den Weg zurück in den Stall findet das Pferd allein.

„Ich fahre jeden Samstag in eine Reithalle", erzähle ich.

„Hast du auch ein Pferd?"

„Nein." Ich schüttle lachend den Kopf. „In dieser Reithalle ist Bennos Hundeschule."

Ich berichte ganz ausführlich, dass sich 14 Uhr

die Welpen treffen und 15 Uhr die ausgewachsenen Hunde dazu kommen. Alle dürfen miteinander ganz ohne Leine herumtoben und spielen. Ich erzähle, dass es manchmal mehr als 30 große und kleine Tiere sind. Steffi ist sofort begeistert und bittet mich, sie am nächsten Samstag mitzunehmen. Und so machen wir es auch.

Jimmy hat in der Hundemeute keinerlei Probleme. Er befolgt alle Kommandos so fehlerfrei und selbstverständlich, als hätte er in seinem Leben nie etwas anderes gemacht. Anfangs gehe ich immer vor Steffi. Aber sie braucht mich bald nicht mehr und findet sich schnell zurecht. Ihre nette und freundliche Art lässt sie schnell Freundschaften schließen. Ich mache es Steffi nach und duze alle Hundefreunde und auch Maik, den Trainer Herrn Nestler.
Wenn während der Spielminuten alle Hunde wüst bellend durcheinander rennen, fragt mich Steffi oft, wo Jimmy ist. Ich kann den Riesen immer leicht zwischen all den anderen Hunden ausmachen, denn er überragt sie alle deutlich.

Der nächste Samstag ist ein ganz besonderer Tag. Wir trainieren nicht, sondern wir wandern. Wir treffen uns in Mittweida und ich zähle 37

Hunde. Kann das gut gehen? Ich hake Steffi unter, Jimmy läuft frei. Er entfernt sich sowieso nie weit von seiner Halterin. Allerdings verhält er sich etwas anders, wenn ich neben Steffi gehe, als wenn sie allein mit ihm unterwegs ist. Vermutlich weiß er instinktiv, dass ich auf sie achte und er ohne seine gewohnte Aufgabe fröhlich auf Hundeart mit seinen Artgenossen herumtoben kann.

Benno muss an der Leine bleiben, weil ich fürchte, dass er wegrennt und am Ende die anderen Hunde zu einer Jagd in den Wald anstiftet. Benno zieht und zerrt an der Leine. Er will rennen.

„Gib ihn mir!"

Ich reiche Steffi die Leine und nach einem kurzen Ruck läuft Benno brav an der lockeren Leine wie in der Hundeschule.

„Wie machst du das?", will ich wissen.

Steffi zuckt nur mit der Schulter. Vielleicht liegt es an ihrer sehr ruhigen und bestimmten Ausstrahlung. Sie wird nie laut, ein Hüsteln oder Zischen genügt und die Hunde gehorchen ihr. Mich beeindruckt das sehr und ich glaube, sie ist so etwas wie ein naturbegabter Hundeflüsterer. Immerhin hatte sie im Gegensatz zu mir vor Jimmy noch keinen Hund und auch keine Hundefachliteratur mit Tipps zur Erziehung gelesen.

Wir laufen an der Zschopau entlang.

„Hier auf der Wiese könnt ihr alle Hunde ableinen und ins Wasser lassen", ruft Maik.

Benno schnellt wie vom Katapult geschossen davon und ist keine zwei Sekunden später mitten im Fluss. Alle lachen. Auch andere Hunde wollen in die Zschopau. Einige bleiben vorsichtig am Rand, andere rennen hinein und zwei springen ebenso wie Benno mit einem großen Satz in die Fluten und schwimmen.

Wir lassen eine gute halbe Stunde die Hunde auf der Wiese und im Wasser toben, dann gehen weiter. Nach gut einer Stunde sehen wir eine schmale Hängebrücke, die den Fluss überspannt. Die Brücke schwankt, was bei Steffi und einige Hunden einen kleinen Schrecken auslöst. Auf der anderen Flussseite steht ein Auto, daneben zwei Leute, die uns zuwinken. Offensichtlich warten sie auf uns. Schließlich stehen wir vor einem Tisch mit belegten Brötchen, Kuchen, Gläsern, Tassen, Flaschen und Thermoskannen. Schnell nehme ich Benno an die kurze Leine und binde diese an einen Baum, um in Ruhe essen und mich mit den anderen unterhalten zu können. Das gefällt Benno nicht, er bellt verärgert und springt hin und her. Als Jimmy sich neben ihn legt, beruhigt er sich und legt sich ebenfalls ab. Der kleine Lars im Rollstuhl, den ich aus der

Hundeschule kenne, und seine Mutter sind ebenfalls dabei. Sie wohnen hier in diesem Dorf und laden uns ein, ihr Haus zu besichtigen. Zuerst geht es steil einen schmalen Weg hinauf, der bald breiter und zu einer geteerten Straße wird. Die Hunde dürfen auf die große Wiese am Haus. Es gibt keinen Zaun darum, deshalb lasse ich Benno an der Leine. Steffi bleibt bei den Hunden. Sie will nicht mit ins Haus.
Die Eingangstür ist sehr breit, damit der Rollstuhl problemlos hindurch passt. Alles im Haus ist auf den kleinen Jungen eingestellt. Zum Bad führt eine Glasschiebetür, ansonsten gibt es keine Türen. Alles ist offen, hell und sehr freundlich. Jeder Raum ist in einer anderen Farbe gestrichen.
Lars sitzt in seinem kleinen Rollstuhl und wackelt mit dem Kopf. Er sieht zufrieden aus und ich habe den Eindruck, dass er lacht.
„Lars ist viel munterer geworden, seit ich mit ihm jeden Samstag zur Hundeschule gehe", erzählt die junge Mutter ganz begeistert. „Er kann zwar nichts sehen, aber ich merke ganz deutlich, dass er die Hunde wahrnimmt. Deshalb wollen wir nun einen eigenen Hund haben. Maik wird ihn für uns aussuchen."
„Ja, ich finde den richtigen Hund für euch, der genau zu Eurer Familie passt", ergänzt Maik.

Wir freuen uns alle. Dann verabschieden wir uns und laufen am Fluss entlang zurück zum Parkplatz.

Am nächsten Grillabend erzähle ich von der lustigen Wanderung mit den vielen Hunden und von Lars.
„Lars? Wohnt der in Ottendorf?", will Lutz wissen.
Ich nicke.
„Ist er fünf Jahre alt?"
„Ich schätze ihn auf maximal zwei Jahre."
Lutz erzählt, dass er seit seiner Rente jeden Morgen gemeinsam mit einem Zivi nach Ottendorf fährt, den Kleinen abholt und in Chemnitz in einen speziellen Kindergarten bringt. So ein Zufall, dass wir beide den kleinen Lars, seine Mutter und auch sein Haus kennen.
Benno liegt unter der Bank. Während wir essen, bekommt er seinen Kauknochen und zum Abschluss von jedem ein Stück Wurst oder Steak. Er weiß das und sitzt geduldig neben der Bank. Wenn das Feuer gelöscht und der Rost zum Abkühlen auf die Wiese gelegt wird, ist auch für Benno die Spannung vorbei und er kringelt sich unter die Bank und schläft.
Daheim läuft es ebenso ab. Ehe wir uns an den Tisch setzen, bekommt Benno sein Fressen. Meist schlingt er es so schnell hinunter, dass er

bereits fertig ist, bevor Werner und ich mit dem Essen anfangen. Während der Mahlzeiten sitzt Benno neben dem Tisch und lässt uns nicht aus den Augen. Wir haben uns angewöhnt, ihm immer den letzten Bissen vom Fleisch oder belegtem Brot abzugeben. Auf diesen Moment wartet Benno geduldig und legt sich hinterher zufrieden in sein Körbchen. Uns gefällt dieses Ritual gut.

Der ganze Tag ist ein Ritual. Wenn ich morgens wach werde und mich rege, kommt Benno sofort freudig angetrippelt und will begrüßt werden. Sollte ich um 7:30 Uhr noch schlafen scharrt Benno auf dem Teppich, gähnt, murrt erst vorsichtig, dann lauter, schüttelt und kratzt sich. Ich drehe mich zur Seite und wenn ich die Augen öffne, schaue ich direkt in ein glückliches Hundegesicht. Bennos Nase berührt fast meine. Ich streichle ihn und frage, ob er gut geschlafen hat. Manchmal träumt er und wimmert oder bellt leise im Schlaf. Ich bleibe meist noch ein Weilchen liegen, um mich gründlich wach zu recken und zu strecken. Benno läuft zum Fußende und leckt an meinen Zehen. Das macht mich augenblicklich munter. Ich strample mit den Beinen und stehe endlich auf. Benno steht schon an der Tür.
Dieses Hin und Her weckt Werner. Er zieht sich

an und geht die kurze Morgenrunde mit dem Hund. Inzwischen bereite ich das Frühstück zu, das wir am Besprechungstisch im Büro einnehmen. Meist essen wir Müsli mit Joghurt und frischem Obst, manchmal ein Brötchen mit Schinken und Käse. Dazu Kaffee und ein Glas Apfelsaft. Benno sitzt selbstverständlich zwischen unseren Stühlen und wartet auf seinen Happen: ein Scheibchen Banane oder den Rest vom Schinkenbrötchen. Er hat immer Hunger, obwohl er sein Frühstück sofort bekommt, wenn er von seiner Morgenrunde zurück ist.

Seit einigen Wochen barfen wir. Das heißt, Benno bekommt Frischfleisch, das wir gefroren hier in der Stadt in einem speziellen Tierladen besorgen. Barfen ist wohl die beste Art, einen Hund gesund zu ernähren. Es sind keinerlei Zusätze beigemischt – einfach nur rohe Innereien oder Fleisch samt Knochen gewolft. Es soll außerdem Wurmbefall verhindern und ein schönes Fell machen. Außerdem stinkt Benno seitdem nicht mehr so stark nach Tier und seine Häufchen sind kleiner.

Neuerdings geht Werner elf Uhr eine kurze Waldrunde mit Benno, während ich das Mittag zubereite.

Ich laufe nach dem Vesper mit Kaffee und Kuchen länger mit Benno durch den Wald, bei schönem Wetter bis zu zwei Stunden. Im Wald schnüffelt Benno intensiv markante Stellen an Weggabelungen ab. Für ihn ist das wie Zeitunglesen. Wer war bereits hier? Welche Nachricht muss dringend überpinkelt werden? Welche sollte voller Verachtung komplett verscharrt werden? Welche Markierung wird respektvoll gemieden?

An Wegkreuzungen zeigt Benno genau an, in welche Richtung er am liebsten laufen möchte. Nach einigen Metern schaut er sich um, ob ich ebenfalls diesen Weg gehen möchte oder in eine andere Richtung weise. Dann kommt er freudig zurück gerannt.

Das Abendessen gibt es kurz nach Büroschluss um 18 Uhr.

Dann steht nur noch die späte Nachtrunde nach 22 Uhr an. Die mag weder Werner noch ich. Meist wechseln wir uns ab. Vielleicht muss sie nicht sein, denn auch Benno drängt nicht danach und hat manchmal bereits nach wenigen Metern keine Lust mehr zum Laufen und will ins Haus zurück. Ich habe in einem Hundebuch gelesen, dass sich ein Hund spätestens nach sieben Stunden lösen muss, sonst wird er nierenkrank. Aus Angst vor solch einer Erkrankung gehe ich lieber zu so später Stunde noch einmal um den Block.

Nierenkrank könnte Benno auch vom Mittel gegen Zecken werden. Trotzdem träufeln wir ihm nach dem ersten Zeckenbefall im Frühjahr Tropfen auf seinen Nacken und an den Schwanzansatz. An diesen Stellen verliert das Fell seine Farbe und wird ganz weiß. Das Medikament muss also sehr stark sein und ich habe kein gutes Gefühl dabei. Im Internet steht, dass die handelsüblichen Medikamente gegen Zecken Niere, Leber und Muskelgewebe schaden. Leider hält keines der natürlichen Mittel wie zum Beispiel Knoblauch die Zecken fern. Was ich auch probiere, immer krabbelten die kleinen Spinnen, die Benno vom Wald mit ins Haus schleppt, über unseren Teppich und sogar das Bettlaken. Ich muss dem Tierarzt zustimmen, wenn er sagt: „Mensch geht vor Hund."

Schweren Herzens erlaube ich dem Tierarzt, Benno einen Erkennungs-Chip einsetzen. Für mich ist das ein körperlicher Eingriff und mit Sicherheit alles andere als gesund. Doch ohne diesen Chip müssten wir auf unseren geliebten Wanderurlaub in den Tiroler Alpen verzichten. Allerdings fühle ich mich extrem egoistisch, meinem Hund einen Fremdkörper zuzumuten, damit ich in den Bergen wandern kann. Der Tierarzt versichert uns, dass der Chip dem Hund nicht schadet, dass er ihn nicht einmal spürt. Leider irrt er sich, denn Benno drückt von diesem Tag an seinen Hals, worin sich der Fremdkörper befindet, immer kräftig gegen unsere Arme. Offenbar stört ihn das Teil sehr.

Wir laufen Richtung Wald und nutzen heute die Ampelkreuzung an der Dresdner Straße. Grün – ich gehe los. Von rechts kommt aus der Nebenstraße ein Auto. Ich schaue dem Fahrer ins Gesicht, er aber dreht seinen Kopf nach rechts und sieht mich nicht. Alles läuft wie in Zeitlupe ab, dabei dauert es vermutlich keine zwei Sekunden bis ich auf der Straße liege. Das Auto ist mir direkt in den rechten Oberschenkel gefahren. Benno steht zwei Meter neben mir und schaut unsicher zu mir herunter. Der Fahrer eilt mir sofort zu Hilfe.
„Sind Sie verletzt?"
Ich schüttle den Kopf.
„Ich bringe Sie trotzdem in die Klinik."
Die Klinik liegt keine 300 Meter entfernt. Aber ich will nicht. Ich kann stehen und sicher auch laufen, winke ab und gehe einfach weiter.
Plötzlich schießen mir Tränen in die Augen und mir wird schwindlig. Meine Beine sind wie Watte. Ich schaue mich um und sehe direkt neben mir eine niedrige Steinmauer, auf die ich mich sinken lasse. Benno hat nichts gemerkt und läuft weiter. Ich kann ihn nicht halten, fühle

mich viel zu schwach und lasse die Leine einfach fallen. Benno hört das Klicken der Leine auf dem Pflaster und duckt sich erschrocken ab. Langsam schleicht er zu mir zurück und legt sich neben mich.

Mit tut plötzlich mein Bein entsetzlich weh, auch die linke Schulter schmerzt und ich habe starke Kopfschmerzen. Ich taste meinen Kopf ab. Links fühle ich eine große Beule.

Ich will Werner anrufen. Es dauert eine ganze Weile, bis ich mein Handy in der Jacke finde. Es hat bei dem Sturz keinen Schaden genommen und funktioniert.

„Werner, du musst kommen, ich bin gerade überfahren worden."

„Waaaas?"

„Ein Auto. Ich sitze an der Ampelkreuzung Dresdner Straße. Kommst du?"

„Bleib sitzen! Ich bin sofort da."

Mir scheint die Zeit ewig, in der ich auf Werner warte. Dabei wohnen wir keine fünf Fußminuten entfernt und Werner steht mit unserem Auto nur wenige Augenblicke später neben mir. Er nimmt mich in den Arm. Dann lässt er den Hund ins Auto springen und hilft mir beim Einsteigen.

Daheim ziehe ich meine Jeans aus. Das linke Hosenbein ist aufgerissen. Vermutlich bin ich ein Stück auf der Straße gerutscht. Das rechte

Hosenbein ist nur schmutzig. Die Jacke sieht ebenfalls übel aus. Am schlimmsten jedoch ist mein rechtes Bein. Mir ist klar, dass es in den nächsten Tagen und vielleicht Wochen blau, rot, lila, grün und zuletzt gelb aussehen wird. Meine linke Schulter ist dunkelrot, das linke Knie blutet, am linken Oberschenkel sind Schrammen, die rot leuchten.
„Leg dich ins Bett!", befiehlt Werner. „Ich koche dir einen Tee, das beruhigt." Aus der Küche ruft er zurück: „Hast du dir wenigstens die Nummer gemerkt?"
Welche Nummer? Ich antworte nicht. Werner steht vor mir.
„Sag bloß, du weißt nicht, welcher Idiot dich umgemäht hat?"
„Was soll mir das nützen? Davon geht es mir nicht besser. Der Mann war genauso erschrocken wie ich und wollte mich sogar in die Klinik bringen."
„Und? Weshalb hast du dir nicht helfen lassen?"
Ich zucke mit der Schulter. „Ich weiß nicht. Es ging alles so schnell."
Werner schimpft: „Du kannst dich doch nicht auf die Ampel verlassen. Ich begreife dich nicht."
Ich begreife mich selbst nicht und muss weinen. Werner kennt meine Meinung. Schon

immer predige ich, dass man weniger auf die Ampel als auf den Verkehr achten soll. Ich habe sehr wohl auf den Verkehr geachtet und zusätzlich noch auf die Ampel. Und trotzdem wurde ich angefahren. Es ist für einen Fußgänger immer ein Problem, über die Straße zu kommen, wenn ein Fahrzeug abbiegt. Offenbar wissen die wenigsten Autofahrer, dass in diesem Fall der Fußgänger Vorrang hat. Selbst dann, wenn seine Ampel grünes Licht zeigt.

Werner nimmt mich in den Arm. „Ich meine, du siehst das Auto kommen, reagierst aber nicht."

„Es ging nicht. Als ich das Auto sah, lag ich quasi schon auf der Straße. Alles ging so schnell und trotzdem wie in Zeitlupe."

Benno war die ganze Zeit über ruhig. Ob er auch eine Art Schock erlitten hat? Ich steige aus dem Bett und will nach ihm schauen. Er liegt in der Stube auf dem Teppich, hebt den Kopf in meine Richtung, schaut mich an und wedelt leicht mit dem Schwanz. Das sieht gut aus. Ich bin beruhigt und setze mich zu ihm. Noch ehe ich die Hand ausstrecken kann, um ihn zu streicheln, springt er auf und holt seinen Ball. Das macht er immer. Und mich macht es wütend, weil ich ihn nie wie früher Patrik umarmen und endlos streicheln kann.

„Du solltest im Bett bleiben", mahnt Werner.

Er steht mit der Tasse Tee in der Hand vor mir und nickt mit dem Kopf in Richtung Schlafstube. Ich muss lachen. Mir gefällt seine Fürsorge. Leider schaffe ich es nicht, allein aufzustehen, Werner muss mir helfen.

Ich liebe die Spaziergänge im Wald. Und ich freue mich immer, wilde Tiere zu sehen. Mir ist klar, dass sie mir ohne meinen Hund nicht auffallen würden. Mal scheucht er ein Eichhörnchen auf, mal einen ganzen Schwarm Vögel, der plötzlich aus dem Unterholz aufflattert. Meist beobachte ich Rehe, wie sie im Wald davon springen und dabei ihre weißen Hinterteile auf und nieder wippen. Oben im Gebirge sahen wir mehrmals ganze Horden Wildschweine und einmal sogar mehr als dreißig Mufflons.
Heute ist es ruhig. Wir haben bis jetzt weder Leute noch Hunde getroffen. Plötzlich springt aus dem Gebüsch ein riesiger Hund, packt Benno im Genick und schleudert ihn wie ein kleines Plüschtier hin und her. Benno ist an der Leine und kann sich nicht wehren. Er quiekt laut und durchdringend. Es klingt fürchterlich. Auch ich schreie aus voller Kehle. Zwei junge Leute kommen gerannt. Der Mann packt seinen Hund, die Frau meinen. Ich zittere. Die Hunde sind auseinander. Schnell hocke ich mich

neben Benno. Er hält eine Pfote in die Luft. Aber ich sehe kein Blut. Ich kann ihn überall abtasten, ohne dass er zusammenzuckt. Offenbar ist Benno nicht ernsthaft verletzt.

„Ist Ihre Bestie wenigstens geimpft?", zische ich.

„Bestie?"

„Er kam aus dem Gebüsch geschossen und hat sich sofort auf meinen Hund gestürzt. Mein Hund hat nichts getan. Sie kennen sich gar nicht."

Die Frau antwortet ruhig: „Er ist geimpft." Sie hockt sich zu mir und streichelt Benno. „Ist alles in Ordnung? Kann Ihr Hund laufen?"

Ich stelle mich auf den Weg und ziehe kurz an der Leine. Benno bleibt stehen, die Pfote immer noch angehoben. Die Frau tastet Bennos Bein ab, Benno hält ganz still. Also wird nichts gebrochen sein.

Der Mann umklammert noch immer seinen Hund mit beiden Armen. Es ist ein sehr großer Hund, ein auffallend kräftiger Kampfhund. So genau kenne ich mich nicht aus, aber das breite Maul und der starke Körperbau deuten auf einen Molosser oder einen Pitbull. Das Paar sieht ebenfalls furchteinflößend aus mit vielen Tätowierungen an den Armen, sogar am Hals und im Gesicht. Dazu noch Ringe durch die Nase und die Lippen. Doch beide bleiben ruhig neben mir stehen, bis ich mich beruhigt habe. Erst dann gehen sie weiter und wünschen mir alles Gute für meinen Hund.

Auch ich möchte weitergehen, aber Benno liegt auf dem Bauch. Das sieht seltsam aus. Ich mache einen Schritt vorwärts und locke: „Komm, Bennie!"

Benno erhebt sich, lässt sich aber sofort wieder auf den Weg nieder. Was ist jetzt los? Vorhin schien alles in Ordnung. Ich versuche wieder und wieder, Benno zum Laufen zu bringen. Vergebens. Ich muss Werner anrufen und schicke ein Dankesgebet zum Himmel, weil es Handys gibt.

„Bitte komm schnell! Benno wurde angefallen. Er blutet nicht, aber er bewegt sich nicht."

Es ist sehr schwierig, Werner die Stelle zu beschreiben, an der ich mich mit Benno jetzt befinde. Wir sind mitten im Wald irgendwo zwischen der Zeisigwaldschänke und dem Parkplatz am Ortsausgang. Es gibt viele Wege, die kreuz und quer verlaufen, aber keinen konkreten Anhaltspunkt, den ich nennen könnte.

Werner parkt am Ortsausgang und muss mehr als einen Kilometer in den Wald laufen, ehe er uns erreicht. Benno freut sich und humpelt Werner entgegen. Ich freue mich mit und fürchte gleichzeitig, dass sich Werner verkohlt vorkommt, da der Hund entgegen meiner verzweifelten Beschreibung laufen kann. Nur wenige Schritte weiter lässt sich Benno wieder fallen. Nun sieht auch Werner, dass ich nicht übertrieben habe. Ohne zu zögern, nimmt er den Hund auf den Arm. So kommen wir gut voran. Doch nach einigen Metern wird Werner langsamer und legt Benno schließlich auf dem Weg ab. Benno bleibt regungslos liegen. Jetzt versuche ich, den verletzten Hund zu tragen. Doch es geht nicht, Benno ist zu schwer. Zwanzig Kilogramm hat er beim letzten Tierarztbesuch gewogen. Bis zum Auto brauchen wir fast eine halbe Stunde. Werner legt Benno hinten auf seine Decke. Ich rufe den Tierarzt an, aber ich höre nur eine automatische Ansage, dass die Praxis nur bis 16 Uhr geöffnet hat. Und jetzt ist es 18 Uhr und außerdem Freitag. Mir fällt eine Tierarztpraxis im Ortsteil Euba ein, von der mir mehrere Hundehalter begeistert erzählten. Die Tierärztin soll sehr nett sein, sogar Hausbesuche machen und wohnt offensichtlich nebenan oder direkt im Haus ihrer Praxis. Euba ist nicht weit von unserem Parkplatz entfernt und wir sind in knapp zehn Minuten dort. Kein Auto steht vor der Tür, aber sie ist offen. Wir gehen hinein und dürfen Benno sofort auf den Behandlungstisch legen. Er verhält sich ganz ruhig während der

gesamten Untersuchung. Die Ärztin zeigt uns Stellen im Genick, wo der Angreifer direkt durchgebissen hat. Sie säubert die Stelle, indem sie ein Röhrchen durch das Loch hindurch führt. Ich kann gar nicht zuschauen und glaube, dass diese Behandlung schmerzt.
„Tiere spüren, wenn man ihnen hilft. Deshalb hält Ihr Hund so still. Außerdem hat er vermutlich einen Schock."
Die Ärztin versorgt noch weitere Bissstellen, die mir vorher nicht aufgefallen sind. Das Bein, dass Benno immer hoch hielt, ist jedenfalls unverletzt. Und sie gibt ihm eine Spritze gegen die Schmerzen. Danach bittet sie uns, Platz zu nehmen.
Sie fragt nach Namen und Daten und legt eine Patientendatei an, gibt uns Tabletten gegen eventuell auftretende Schmerzen und eine Visitenkarte, falls es Probleme gibt. Erst dann nennt sie uns die Behandlungskosten, die wir sehr gern bezahlen. Wir haben uns gut aufgehoben gefühlt und fahren zufrieden nach Hause. Wie die nette Ärztin vorausgesagt hat, hält sich Benno während der nächsten zwei Tage fast ausschließlich in seinem Körbchen auf und will nur kurz vor die Tür, um sich zu erleichtern. Danach merkt man ihm seine Verletzungen nicht mehr an.

Von diesem Tag an läuft Benno nicht mehr so unbekümmert auf andere Hunde zu. Sieht er große Hunde, fängt er an zu tänzeln und macht sich groß – er reckt seinen Kopf, stellt den Schwanz hoch und dehnt die Schultern. Sobald er einen Rüden wittert, sträubt sich sein Fell bis zum Schwanzansatz, er duckt sich und knurrt. Ich fürchte, dass dieses Verhalten die anderen Rüden zum Angriff animiert und gehe am liebsten jeder Begegnung aus dem Weg. Ich weiß, dass dies falsch ist. Doch ich habe Angst um Benno und möchte ihm jede Gefahr und jede Verletzung ersparen.

Patrik traf auf dem Land nur sehr selten auf Hunde, da die meisten in ihren Höfen eingesperrt waren und kaum mit ihren Haltern spazieren gingen. Hier in der Stadt war das anders. Kaum aus der Haustür begegnete man den ersten Hunden im Wohnviertel, im nahen Wald sowieso. Patrik machte um jeden Hund einen großen Bogen und tat so, als gäbe es den anderen Hund nicht. Er schaute demonstrativ zur Seite. Hielt einer still, dann wagte er, ihn zu beschnüffeln. Doch bei der kleinsten Bewegung lief er weg.

Bei Hündinnen verhielt er sich allerdings anders. Er wollte sie gleich bespringen – und zwar von der Seite in die Rippen. Mich beruhigte es, dass Patrik nicht wusste, wie das

Besteigen funktionierte. Vermutlich wäre er sonst noch häufiger weggelaufen. So amüsierte ich mich immer köstlich über seine unsinnigen Bemühungen.

Benno teilt die Hunde ab sofort in Freund oder Feind ein. Dazwischen gibt es nichts. Mir ist es sehr unangenehm, wenn er einen anderen Hund anknurrt und ihn am liebsten packen möchte. Ich kann ihn kaum an der Leine halten, so böse springt er nach vorn. Ich habe schon versucht, ihn mit meinem ausgestreckten Bein zu stoppen. Doch Benno ist meist schneller und springt hinter mir in Richtung Feind. Er reißt mich mit voller Wucht mit und ich muss aufpassen, nicht zu fallen. Fasse ich ins Halsband, beißt er um sich und könnte mich verletzen.
Hündinnen beißt er nicht. Nicht einmal kleine Hundedamen, die ihn anspringen und ihre Vorderfüßchen um seine Schnauze schlingen. Er versucht, seinen Kopf so unerreichbar wie möglich in die Höhe zu recken, aber er hält still und wehrt sich nicht.

Am liebsten spielt Benno mit Jorgy. Das ist ein schlanker Schäferhund. Wir treffen ihn manchmal auf einer Lichtung im Wald. Dort wirft seine junge Halterin Sandra eine Frisbee, die Jorgy im Fluge fängt. Benno lässt sofort seinen Ball fallen, weil ihm Jorgys Spielzeug besser gefällt. Seinen Ball kann er schließlich jeden Tag haben, die Frisbee jedoch nicht. Meist verabschiede ich mich nach einigen Minuten und laufe mit Benno noch eine gute Stunde im oberen Wald, wo weniger Leute unterwegs sind.

Heute jedoch nicht. Es nieselt und ich will später noch zu Friseur. Also wähle ich den kürzesten Rückweg. Sandra schließt sich an. Wir laufen den breiten Hauptweg am kleinen Bach entlang, die Hunde springen ins Wasser, wieder heraus und rennen nebeneinander durch den Wald. An der kleinen Brücke leine ich Benno an, denn jetzt beginnt die Straße und ich will mich von Sandra verabschieden.

„Ich muss auch hier hoch." Mit der Hand deutet Sandra die Straße hinauf. An einem kleinen Siedlungshaus bleibt sie stehen. „Hier wohne ich."

„Hier?"

Sandra nickt. Mir fehlen die Worte. Denn in diesem Haus wohnte Patriks Hundefreundin Anka. Ich verabredete mich jeden Morgen mit ihrer Halterin, einer sehr netten alten Dame, mit der ich mich wunderbar unterhalten konnte. Die Hunde liefen wie ein altes Ehepaar ruhig nebeneinander her. Sie spielten nicht miteinander, rannten nicht weg, spazierten einfach den Weg entlang. Frau Winter erzählte mir, dass der Hund ihrem Enkel Martin gehörte, der mit seinen Eltern im gleichen Haus wohnte und vormittags in die Schule musste. Früher habe ihr Mann Anka ausgeführt. Ihr Mann sei im September nach einer schönen Wanderung am Dachstein plötzlich umgefallen und verstorben. Und zwar genau in der Woche, in der Werner und ich ebenfalls am Dachstein Urlaub machten – mit Patrik.

Jetzt schließt sich der Kreis, denn Sandra ist Martins Freundin und Jorgy Ankas Nachfolger. Anka starb im vorigen Jahr, auch Frau Winter lebt nicht mehr.

Ich erinnere mich an eine sehr lustige Geschichte über Anka, die mit Martin und seinen Eltern in Österreich Urlaub machte. Während einer Bergwanderung fing Anka an zu humpeln und konnte nicht mehr laufen. Ein Freund der Familie holte den Hund ab und brachte ihn nach Hause zu Frau Winter. Daheim ging es Anka sofort wieder gut. Als aber die Urlauber zurück kamen und Anka im Garten begrüßen wollten, fing der Hund wieder an zu humpeln. Und allen war klar, dass Anka nur keine Lust zum Bergwandern hatte.

Wir fahren ebenfalls mit Benno in die Alpen

nach Österreich und haben Vollpension in einem Wanderhotel in Kirchberg bei Kitzbühel gebucht.

Wir beziehen unser wunderschönes großes Zimmer im ersten Stock. Außer dem Bett gibt es einen Tisch mit zwei Stühlen und sogar ein breites Sofa. Werner probiert zuerst, welche Programme sich im Fernseher einstellen lassen, während ich die Koffer auspacke. Für Benno lege ich ein Hundekissen neben mein Bett und ein zweites neben das Sofa. Benno kringelt sich auf den Teppich unter den Tisch und schläft, denn die lange Anfahrt hat ihn ermüdet, weil er die ganze Zeit über aus dem Fenster schaute.

Der Blick vom Balkon ist wunderschön. Allerdings sehen wir nicht viel, denn es ist trüb geworden: zwei Häuser, eine kleine Kirche und einen Hang mit Bäumen. Hinter dem Hotel ist eine schöne große Wiese mit einem Pool und vielen Liegestühlen.

19 Uhr. Zeit fürs Abendessen. Wir verlassen mit Benno das Zimmer und steigen die Treppe hinunter. Der Hund zieht an der Leine. Er hat es eilig, in die Gaststube zu kommen, wo uns schon der Duft nach Essen entgegen weht. Sicherheitshalber übergebe ich die Leine Werner, der mehr Kraft hat und den Hund besser halten kann. Die Tische stehen sehr

eng. Auf einem entdecke ich ein Schild: „2xRichter, 2xLange". Das ist also unser Platz während der Urlaubswoche.

Benno liegt brav unter meiner Sitzbank. Uns gegenüber sitzt ein älteres Ehepaar.

„Glück auf, bin der Wolfi aus Aue."

„Und ich die Lisbeth", ergänzt seine Frau.

Wolfi erzählt vom ersten Augenblick an lustige Geschichten und Witze und neckt gutmütig unseren Hund. Der scheint die Beiden ebenso zu mögen wie wir.

Am ersten Morgen gehe ich sofort raus auf den Balkon. Ich will wissen, ob wir außer dem nahen Hang auch die Berge sehen können. Vielleicht sogar den Wilden Kaiser. Aber was sehe ich? Ich traue meinen Augen nicht, denn draußen ist alles weiß. Mindestens zehn Zentimeter Neuschnee. Und das Mitte September. Vier Kinder springen zwischen den Liegestühlen herum und bauen Schneemänner: einen Schneemann und eine Schneefrau. Ich hole schnell meinen Fotoapparat. Das glaubt mir sonst in Chemnitz keiner.

Werner geht mit Benno die Morgenrunde und berichtet hinterher: „Es ist einfach ideal hier. Die Straße ist eine Sackgasse, also kein Verkehr. Nach drei Häusern beginnt der Wald, wo Benno seine Häufchen machen kann."

Zum Frühstück nehmen wir Benno nicht mit. Das ist eine kluge Entscheidung, denn wir können aus einem üppigen Buffet wählen. Das Hin und Her durch die engen Gänge zwischen den Tischen und dem Buffet hätte Benno nur nervös gemacht. Wir stellen uns ein Müsli zusammen und holen uns hinterher noch Rührei mit Speck, dazu frische Brötchen. Die selbstgemachte Marmelade probieren wir ebenfalls. Heimlich wickle ich eine Scheibe Schinken in eine Serviette und stecke sie für Benno in meine Tasche.

Zum Schluss bekommt jeder Gast einen Brotzeitbeutel mit einem Käse- und einem Schinkenbrötchen, einem Apfel und einer kleinen Schachtel Orangensaft. Ich bin absolut begeistert, da wir ohnehin nicht im Hotel Mittag essen wollten, sondern jeden Tag in einem anderen Berggasthof während unserer Wandertouren.

Heute können wir allerdings nicht wandern, denn die Wege sind verschneit und auf einen Berg zu gehen ist vollkommen unmöglich. Also bleiben wir im Dorf und schauen uns um. Es gibt einen Blumenladen, in dem ich sofort einen kleinen Strauß für unser Hotelzimmer kaufe. Die Blumen sind hier fast doppelt so teuer wie bei uns daheim. Und wir kaufen eine Wander-

karte im Maßstab 1:25.000, unser Lieblingsmaßstab zum Wandern. Darin ist jeder Weg verzeichnet und es gibt viele Tipps für Wandertouren. Im Hotel liegt eine dicke Mappe mit Wandervorschlägen, Werbungen für Gasthöfe mit den Öffnungszeiten und Ruhetagen und einer Reihe Ausflugszielen zu Höhlen, Bädern, Museen. Das ist allerdings für uns und unseren Hund weniger interessant.
Wir finden im Ort einen urigen Gasthof für ein zünftiges Mittagessen. Plötzlich hören wir laute Stimmen: „Raus hier!"
Der Kellner kommt zu uns und hat Benno an der Leine. „Dieser Schlawiner gehört zu Euch, stimmt's? Er ist in die Küche gerannt. Dort riecht es so lecker." Der Bursche lacht. „Zur Belohnung bekommt Euer Frechdachs frische Milch." Damit stellt er eine Schale neben den Tisch. „Das erhalten hier alle vierbeinigen Gäste", erklärt er. „Ist direkt von unserem Hof."
Mir ist das schrecklich peinlich. Werner schaut mich böse an, weil ich wieder einmal die Leine nicht festgehalten hatte. Zur Sicherheit wickle ich sie mir gleich um den Bauch.
Am Nachmittag gibt es im Hotel Kaffee und Kuchen. Es ist kein sächsischer Kuchen, eher kleine Törtchen, die uns gut schmecken.

Am nächsten Tag ist es noch trüb. Wir wandern

trotzdem los. Und zwar auf den nahen Sonnberg. Vielleicht lockt der Name die Sonne heraus. Der Berg liegt auf 1.130 Meter Höhe inmitten dichter Wolken. Benno tobt im Schnee, der auf den Wiesen liegt.

Am Nachmittag scheint tatsächlich die Sonne und wir sehen endlich mehr von der wunderschönen Umgebung: grüne Hügel, Wiesen und im Hintergrund weiße Berggipfel. Ich freue mich und klatsche in die Hände. Benno freut sich mit und springt an mir hoch.

Plötzlich zischt es. Dann Stille. Wieder lautes Zischen, das wir uns nicht erklären können. Beim nächsten Zischen duckt sich Benno ängstlich und wir sehen einen großen Ballon in die Luft steigen, keine hundert Meter von uns entfernt. Darauf folgt noch einer.

Am nächsten Tag zählen wir vierzehn Ballons in der Luft und erfahren, dass zur Zeit ein Libro Ballon Cup stattfindet – eine Art Meisterschaft. Für uns ist das wunderschön anzusehen, Benno dagegen ist überhaupt nicht begeistert.

Er springt hoch und bellt. Dabei sind wir im Moment im dichten Wald und es ist kein Ballon zu sehen. Bennos Fell sträubt sich. Wir schauen in die gleiche Richtung wie Benno. Dort steht ein kapitaler Hirsch mit einem stattlichen Geweih. Ich halte die Luft an. Das riesige Tier bewegt sich nicht.

„Der ist aus Holz!", ruft Werner und lacht.
Ich kann ausatmen und mitlachen. Wir entdecken noch mehr geschnitzte Tiere: Gämsen, Wildschweine, einen Auerhahn und vieles mehr - alle in lebensechter Größe. Ich lasse Benno vor jedem Holztier absitzen und mache viele Fotos. Das wird ein Spaß, wenn ich diese Aufnahmen daheim meinen Freunden zeige und sie glauben, alle Tiere wären lebendig.

Ich fotografiere sehr oft und gern. Daheim habe ich unzählige Ordner mit Bildern. Früher war das nicht so einfach wie heute. Man musste einen Film entwickeln lassen und hatte dann einen Berg weniger gelungener Aufnahmen, die nur noch für den Papierkorb taugten. Heute lade ich die Bilder im PC hoch, lösche die, die ich nicht brauchen kann und bearbeite die gut gelungenen Aufnahmen. Von diesen bestelle ich via Internet Papierabzüge für meine Alben. Dort werden sie zu lustigen Szenen zusammengestellt, eingeklebt und beschriftet. Ich liebe diese Erinnerungen sehr und habe das Gefühl, die vielen schönen Erlebnisse von unterwegs mit nach Hause genommen zu haben. Früher fotografierte ich unsere Kinder. Inzwischen sind es fast ausschließlich Hunde mit irgendeinem Hintergrund.

Natürlich klettern wir an einem Tag auch die berühmte Streif hinauf. Der Aufstieg ist äußerst mühsam, weil er so steil ist. Oben angekommen bietet sich ein grandioser Ausblick weit in die Berge hinein und hinunter ins Tal. Mir wird schwindlig.

Ich erinnere mich, wie wir vor zwanzig Jahren mit unseren Kindern diese unglaublich steilen Hänge auf Schiern hinunter gebrettert sind. Ich kann mir das gar nicht mehr vorstellen, wenn ich diese extrem steilen Hänge sehe. Katrin war noch so klein und Axel furchtbar wild. Er liebte schnelle Schussfahrten und freute sich diebisch, weil ihm seine Eltern nicht folgen konnten. Einmal waren die Pisten komplett vereist, weil einige Tage vorher das gefährliche Hahnenkammrennen stattfand.

Ich mache Fotos, die ich mir später in Ruhe anschauen will.

Benno zieht an der Leine. Er hat eine Bank entdeckt. Er weiß, wenn wir uns setzen, nimmt Werner seinen Rucksack ab und packt Brötchen und Hundeleckerlis aus. Schon stehen wir neben der Bank.

„Vorsicht!" Werner packt meinen Arm. Um ein Haar hätte ich mich hingesetzt – in einen frischen fetten Kuhfladen, der mitten auf der Bank prangt.

Benno nutzt jeden übriggebliebenen Schneehaufen, um sich genüsslich darin zu wälzen.
Wenn er Wasser in der Nähe spürt, müssen wir ihn ableinen, denn er zieht so stark an der Leine, dass man ihn kaum halten kann. Benno will so schnell wie möglich ans Wasser.
Noch heftiger zieht er allerdings an der Leine, wenn er einen Gasthof riecht. Mir ist es peinlich, dass zwei erwachsene Leute hinter einem kleinen Hund hergaloppieren, der wie ein störrisches Pferd in seinem Geschirr hängt. Also reiche ich lieber Werner die Leine.
Als wir am Abend ins Hotel kommen, klagt Werner über Schmerzen im Bein. Ich will seine Waden massieren, um ihm Erleichterung zu verschaffen. Da schreit er auf und ich sehe das Malheur: seine Waden sind knallrot - von der Höhensonne verbrannt. Die Socken reichten bis zu den Knöcheln und oberhalb der Wade endete die Kniebundhose. Dazwischen leuchtet ein unübersehbarer Sonnenbrand.

Am nächsten Tag saust Benno einen Steilhang hinauf. Weit kann er nicht kommen, denn ich habe extra für ihn eine zwanzig Meter lange Schleppleine gekauft. Das Leinenende hat keine Schlaufe, damit es sich nicht im Gestrüpp verfangen kann. Leider kann ich genau deswegen die Leine nicht festhalten, sie flutscht mir aus der Hand. Ich versuche eilig, auf das Ende zu treten. Der Hund ist schneller und im Nu im Hochwald verschwunden. Meine Handflächen brennen, so schnell rutschte die Leine durch meine Finger.

„Kannst du nicht aufpassen?", schimpft Werner. Er weiß, dass wir jetzt hier stehenbleiben und warten müssen. Benno findet uns schon im heimischen Wald nicht wieder. Hier in der Fremde wäre das aussichtslos. Wir warten also und hoffen, dass Benno nach wenigen Minuten von seinem Ausflug zurück kehrt.

„Wie lange soll das noch dauern?", nörgelt Werner nach einer Viertelstunde.

„Da vorn ist eine Bank. Wir essen dort unsere Brötchen. Einverstanden?"

Werner nickt, setzt sich auf die Bank und holt die Vespertüten aus dem Rucksack. Hunger habe ich eigentlich nicht. Und schon gar keine Ruhe zum Essen. Trotzdem beiße ich ins Schinkenbrötchen. Das hätte Benno gut geschmeckt. Mir kommen die Tränen.

„Nun weine doch nicht!" Werner nimmt mich in den Arm. „Benno ist bestimmt gleich wieder hier."

„Und wenn sich nun die lange Schleppleine im Gestrüpp verfängt?"

Werner schüttelt den Kopf und lächelt mich an. Aber ich sehe deutlich, dass nur sein Mund lächelt, während er den Wald nicht aus den Augen lässt. Schließlich steht er auf und geht auf den Wald zu. Der Hang ist so steil, dass wir auf gar keinen Fall hinauf klettern können.

„Benno! Benno!", rufen wir immer und immer wieder, doch wir hören keine Antwort.

Nach zwei Stunden geben wir auf und gehen den Weg Richtung Auto zurück. Das ist eine Strecke von mehr als einer Stunde. Kurz bevor wir den Parkplatz erreichen, kommt uns ein Mann entgegen – die erste Person, die wir heute treffen.

„Guten Tag. Haben Sie einen herrenlosen Hund gesehen?"

Der Mann bleibt stehen.

„Unser Hund ist weg. Ein schwarzer mit braunen Beinen und einem Husky-Gesicht."

Der Mann schüttelt mit dem Kopf.

„Nein, gesehen habe ich keinen. Aber weiter vorn bellt einer. Das kommt von da oben aus dem Wald." Er zeigt mit dem Arm den Hang hinauf.

„Danke!", rufe ich erleichtert.

Werner packt meine Hand und wir laufen schneller. Weiter vorn bleiben wir stehen und rufen: „Benno! Bennie!" Dann lauschen wir. Nichts.

„Benno! Hier!"

Werner hält seine Hand wie einen Trichter an

sein Ohr. Dann hebt er den Zeigefinger.

„Ich glaube, ich höre ihn." Er weist mit dem Arm den Hang hinauf. „Benno! Komm! Benno!"

Jetzt höre auch ich das Bellen. Es klingt sehr weit entfernt. Ob das unser Hund ist? Werner klettert den Hang hinauf. Hier ist es nicht mehr so steil wie an der Stelle vorhin. Plötzlich hören wir Zweige knacken. Und dann sehen wir Benno durch den Hochwald auf uns zu laufen. Werner schließt ihn in die Arme. Benno legt sich auf den Weg. Er ist völlig verdreckt, ohne Geschirr und ohne die lange Schleppleine. Offenbar hat sich die Leine wie von mir befürchtet im Gestrüpp verheddert und der Hund war gefangen. Mir ist völlig unklar, wie er sich aus dem Geschirr befreien konnte. Es umspannt seinen gesamten Brustbereich und ist am Rücken fest verschlossen.

Wir setzen uns zu Benno auf die Erde und warten, bis er sich beruhigt. Zum Glück sind es bis zum Auto nur noch wenige Minuten Fußmarsch. Im Hotel haben wir zwar kein Ersatzgeschirr, doch zum Glück ein Halsband.

An unserem letzten Urlaubstag wandern wir weit ins Stubaital hinein. Der Weg führt immer auf halber Höhe entlang mit wunderschönen Aussichten ins Tal und auf die gegenüber liegenden Hänge. Weit hinten sehen wir die

Stubaier Alpen und den Gletscher. Wir finden einen urigen Gasthof für unser Mittag. Danach laufen wir weiter, wir haben gar keine Lust zum Umkehren. Wir wenden uns Richtung Tal und sind bald an den Wiesen von Fulpmes. Unten liegt der idyllische Ort. Wobei „unten" fast tausend Meter Meereshöhe bedeuten. Von Fulpmes aus fährt die Stubaitalbahn bis Innsbruck. Dieses Abenteuer mit der Bahn über zwei beeindruckend hohe sicher hundert Jahre alte Viadukte wollen wir uns nicht entgehen lassen. Lange müssen wir zum Glück nicht lauf die Bahn warten, die wie eine ganz normale Straßenbahn aussieht. Wir steigen ein, die Tür schließt sich. Ich schaue hinaus. Dort steht Benno auf dem Bahnsteig!

„Halt!", rufe ich und drücke den Notknopf. Die Tür öffnet sich sofort und ich springe hinaus.

„Sitz!", rufe ich streng.

Benno legt sich hin und zittert. Vermutlich hat er in der ihm völlig unbekannten Bahn Angst bekommen und sich in seiner Not aus dem Halsband gewunden. Ich schließe es ein Loch enger um seinen Hals.

Nun erst merke ich, dass die Bahn nicht abgefahren ist, sondern freundlicherweise auf uns gewartet hat. Ich rucke an der Leine und gehe mit Benno wieder zurück in die Bahn. Werner kauert sich in den Gang und lockt den

Hund. Wir wählen einen Platz etwas von der Tür entfernt und lassen Benno zwischen unseren Beinen absitzen. Nun verläuft die Fahrt ohne weitere Vorkommnisse.

In Mutters steigen wir aus, denn hier haben wir unser Auto geparkt, das uns zurück zum Hotel nach Kirchberg bringt.

Der Urlaub ist leider viel zu schnell vorüber.

Benno freut sich, seinen geliebten Chemnitzer Wald wieder zu durchstreifen. Wir kommen langsamer als normal vorwärts, denn Benno muss seine Ankunft an jedem Baum anzeigen. Und er muss schnüffeln und prüfen, welchen Geruch er noch nicht kennt und welcher markiert werden muss.

Wir gehen durch die Gartenanlage zurück und laufen über den Parkplatz. Dort steht eine Frau an ihrem Auto und schließt die Heckklappe. Ganz schafft sie es nicht, denn von innen wird die Klappe aufgestoßen, ein großer Hund springt heraus und stürzt sich sofort auf Benno. Ich schreie auf, denn ich habe Buddy erkannt. Das ist ein übergroßer Schäferhund-Doggen-Mischling und sieht in Benno seinen größten Feind. Buddy hatte Benno früher bereits zwei Mal angefallen und im Genick gepackt, aber noch nie zugebissen. Ich ärgerte mich immer über den unfreundlichen jungen Halter, der nie

grüßte, nie sofort eingriff, nie um Entschuldigung bat und offensichtlich gar nicht auf seinen Hund achtete. Warum nimmt er Buddy nie an die Leine, wenn er Benno sieht? Später erfuhr ich, dass der Junge ein bösartiges Augenleiden hat, das immer schlimmer wird und vielleicht sogar zur Blindheit führt. Mir tut er aufrichtig leid. Trotzdem ist es leichtsinnig, so ein mächtiges Tier frei laufen zu lassen, wenn man selbst nicht viel sehen kann. Oder er sollte Buddy einen Maulkorb anlegen, damit er sich frei bewegen kann, ohne Schaden anzurichten.
Der Junge kommt langsam hinter dem Auto hervor. Ich schreie ihn an: „Nimm deinen Hund weg!"
Mir ist klar, dass das nicht einfach ist, denn Buddy wiegt gut 60 Kilogramm, wahrscheinlich kaum weniger als der Junge selbst. Ich kann nichts tun. Buddy ist zu groß und zu stark und zu furchteinflößend. Ich habe Angst vor Buddy und vor allem habe ich Angst um meinen kleinen Hund. Endlich kann der Junge seinen Hund am Halsband packen und wegziehen. Er sperrt Buddy ins Auto. Jetzt bewegt sich die Frau, die alles aus sicherer Entfernung beobachtete, und kommt auf mich zu.
„Es war meine Schuld."
„Ich weiß."
Mehr sage ich nicht. Ich wage kaum, mich zu

Benno zu setzen, der reglos auf dem Parkplatz liegt. Er schaut mich nicht an. Ich habe ihm nicht geholfen, ich beschütze ihn nicht. Ich lasse zu, dass er angefallen und übel zugerichtet wird. Ich streichle Benno.

Die Frau geht zu ihrem Auto zurück und fährt mit Buddy und seinem Halter davon. Ich rufe Werner an.

„Buddy hat Benno zerbissen. Überall ist Blut. Bitte komm schnell!"

Meine Jacke und die Jeans sind ebenfalls blutig. Heute ist Sonntag und kein Tierarzt zu erreichen. Uns bleibt nichts anderes übrig, als mit Benno in die Tierklinik zu fahren.

Dort hat eine sehr nette Ärztin Dienst, offenbar eine Russin. Sie muss Benno an beiden Vorderläufen nähen und mehrere Wunden desinfizieren. Zum Schluss gibt sie Benno eine Spritze und uns die Rechnung: 140 Euro. So viel Geld haben wir gar nicht. Doch Werner zieht zu meinem Erstaunen seinen Geldbeutel aus der Tasche und bezahlt die volle Summe. Ihm war klar, dass Buddys Bisse teuer werden und er hat unsere Sparbüchse geleert. Darin sammeln wir Geld für ein Sofa. Ich schaue ihn dankbar an.

„Den Typ musst du anzeigen!", bestimmt Sonja.

„Ach, du hast selbst Hunde und weißt, wie böse sie werden, wenn sie ihrem Feind begegnen."

„Ja, aber meine Hunde haben noch keinen zerrissen. Außerdem ist Buddy für den Jungen viel zu groß."

„Das stimmt. Aber was soll er ohne seinen Hund tun? Der ist sein Ein und Alles."

Auch Werner mag den Jungen nicht melden. Eine Anzeige ist ihm ebenso zuwider wie mir. Außerdem wissen wir gar nicht, wo der Junge wohnt. Weit entfernt kann das nicht sein, denn wir sehen ihn mit Buddy sehr häufig in unserem Wohnviertel herumlaufen. Werner und ich sind fest entschlossen, ihn ausfindig zu machen. Wir gehen jede Straße in der näheren Umgebung ab und fragen jeden Hundehalter, ob er weiß, wo Buddy wohnt. Alle kennen den auffallend großen und zugegeben sehr schönen Hund. Aber keiner weiß genau, wo er wohnt. Trotzdem engt sich der Kreis immer mehr ein und beschränkt sich schließlich auf eine einzige Straße. Dort klingle ich einfach an einer Haustür und frage den Mieter, ob hier im Haus ein großer Hund wohnt. Am dritten Hauseingang habe ich Glück und erfahre Name und Stockwerk. Es öffnet niemand auf mein Klingeln. Aber ich war so klug und habe einen Brief vorbereitet:

„Guten Tag – Ihr Buddy hat heute meinen Benno übel zugerichtet. Ich lege die Tierarztrechnung bei. Sollten Sie eine

Versicherung haben, ist die unangenehme Angelegenheit schnell vergessen. Bitte rufen Sie mich an, damit ich Ihnen meine Bankdaten durchgeben kann. Trotz allem ein freundlicher Gruß von Bettina Richter." Die Handynummer hatte ich extra groß geschrieben und unterstrichen.

Noch am gleichen Tag ruft der Junge an und verspricht, das Geld sofort zu überweisen. Er ist sehr froh darüber, dass wir ihm keinen Ärger mit einer Anzeige machen wollen.

Benno humpelt sechs lange Wochen und hat danach noch drei Monate Probleme beim Springen. Zum Glück heilen seine Wunden gut.

Im Urlaub lag Benno gern auf dem Balkon. Wir haben daheim auch einen Balkon, obwohl wir im Erdgeschoss wohnen. Es gibt zwar ein Geländer, aber keine Mauer oder sonstige Begrenzung. Es gibt nur ein Geländer, kein Hindernis für Benno.

Werner will solch eine Begrenzung bauen, aber eine, durch die Benno hindurch schauen kann. Werner fährt zum Baumarkt und kommt mit einigen Gittern aus Holz zurück, die offenbar für Kletterpflanzen gedacht sind. Er sägt die Teile zurecht und befestigt sie mit stabilen Schlingen aus Draht am Geländer.

Nun haben wir einen wunderschönen Balkon

mit Begrenzung, hinter der Benno liegen und auf die Wiese und den Parkplatz schauen kann.

Ich freue mich und mache ein schönes Foto vom neuen Balkon mit Zaun und meinen vielen Pflanztöpfen. Auch Benno freut sich, macht gemütlich Platz und schaut sich zufrieden um.

Werner bringt sein Werkzeug zurück in den Keller. Ich hänge die Wäsche auf einen großen drehbaren Wäscheständer auf der Wiese, den alle Leute aus dem Haus nutzen können.

Ich nehme mein T-Shirt aus der Wanne und will nach den Klammern greifen, da springt plötzlich Benno dazwischen. Habe ich vergessen, das kleine Türchen zu schließen? Schnell laufe ich Richtung Balkon und locke Benno: „Komm!"

Benno rennt mir freudig nach. Das Türchen ist zu. Doch daneben ein Loch, einige Latten sind gebrochen. Benno wollte zu mir und ist einfach durch den Zaun hindurch gesprungen.

Wir parken in Leubsdorf, gehen über die Flöha-Brücke und laufen in Flussrichtung durch einen kleinen Wald. Wir lassen Benno von der Leine, damit er in der Flöha saufen und planschen kann. Danach rennt er immer seine Kreise, um sich aufzuwärmen. Wir schauen ihm zu und haben Spaß an so viel Lebensfreude, die der Hund ausstrahlt.

Plötzlich steht ein Auto hinter uns. Ein Mann springt heraus, gestikuliert wild und schreit: „Sind Sie verrückt geworden?"

Benno ist sofort neben uns. Er mag es nicht, wenn jemand schreit. Und noch weniger mag er, wenn er den Ärger direkt spüren kann. Ehe Benno sich knurrend vor dem Mann postieren kann, leine ich ihn an und frage: „Was ist denn passiert?"

„Die Tiere sind teuer. Ich lasse mir das nicht von einem Streuner zerstören."

Jetzt wird Werner ungeduldig. „Hier sind gar keine Tiere und unser Hund ist an der Leine."

„Wollen Sie mich verarschen? Ich habe von da drüben", der Mann zeigt mit dem Arm auf die andere Flussseite, wo ein großes Haus steht, „alles genau beobachtet. Ihr Köter war erst im Wasser und ist dann ohne Leine die Wiese rauf gerannt."

„Na und? Ist das verboten?"

Ich will vermitteln. „Was haben Sie denn für Tiere? Ziegen? Oder Pferde?"

„Ziegen?" Der Mann ballt seine Fäuste. Es sieht so aus, als ob er gleich zuschlagen will. Doch das wagt er nicht, denn Werner ist 1,90 Meter groß und breitschultrig. Mit so einem kräftigen Mann legt sich keiner gern an. Werner geht einen Schritt auf den Mann zu und reckt sich drohend. Dann dreht er sich zu mir um.

„Komm, Betti, lassen wir das Rumpelstilzchen sich selbst ankreischen."

Der Mann schreit uns nach: „Lasst euch bloß nicht mehr hier blicken!"

Wir drehen uns nicht mehr um. Der Weg macht eine Rechtskurve, erst danach sehen wir die Tiere. Es sind Kamele. Damit konnte natürlich keiner rechnen. Warum stellt er kein Schild auf? Da hätten wir Bescheid gewusst und ganz anders reagiert.

Nach einer weiteren Kurve sehen wir viele Autos auf einer Wiese und davor Zelte. Leute mit Bierflaschen in den Händen sitzen im Gras, einige baden im Fluss. Ich bin froh, dass wir Benno noch an der Leine haben, sonst hätte er sofort nachgeschaut, ob e irgendwo etwas zu fressen findet.

Der weitere Weg über eine Anhöhe und später dicht am Fluss entlang verläuft angenehm für uns und spannend für Benno. Er kann jederzeit ins Wasser springen und über Felssteine klettern.

Schließlich sehen wir schon aus der Ferne eine wunderschöne alte, überdachte Holzbrücke. Vor über 400 Jahren wurde die erste Brücke gebaut, diese hier steht auch schon seit fast 200 Jahren. Sie ist mehr als 50 Meter lang, aber so schmal, dass immer nur ein einziges kleines Auto durchfahren kann. Benno ist die dunkle Brücke nicht geheuer, vor allem, als ein Moped an uns vorbei rumpelt. Der Rückweg auf der anderen Seite der Flöha ist ebenso schön wie der Hinweg und bietet unserem Hund viele Möglichkeiten, im Fluss zu schwimmen.

Es ist Mai. Wir starten in den Urlaub. Dieses Mal wollen wir Benno die Ostsee zeigen. Ich mag die See nicht, aber Benno kennt bisher nur Bäche, Flüsse, Teiche und Seen. Das offene Wasser kennt er nicht.
Mir kommt die Fahrt Richtung Norden erheblich länger und vor allem langweiliger vor als eine Reise in den Süden, obwohl ich weiß, dass die Entfernung kürzer ist.
Wir haben ein Ferienhäuschen in Grömnitz gemietet. Es ist ein winzig kleines Häuschen und ähnelt nur mit viel Fantasie dem Foto im Internet. Der so hübsch beschriebene Vorgarten ist nur ein kurzer Weg von drei Metern durch ein zertretenes Rasenstück, davor ein niedriger Metallzaun. Wir schließen die Haustür auf und treten in eine Art Rumpelkammer oder winzige Scheune, die keinen Boden, sondern nur Erde hat. Links führen zwei Treppenstufen in eine Schlafkammer, in der sich weiter nichts als ein an die Wand geschobenen Doppelbett befindet. Den

Kleiderschrank finden wir in dem seltsamen Vorraum. Von diesem aus geht es in einen sehr schmalen Durchgang, den wir als Küche deuten. Wir quetschen uns zwischen einem Wandbrett, das vermutlich als Esstisch genutzt werden soll, und dem Herd hindurch. Neben dem Herd steht ein alter Kühlschrank, darüber hängt ein Regalbrett. Dahinter ist die Stube. Die macht einen gemütlichen Eindruck mit Sofa, Tisch, Sessel und einem recht modernen Fernsehgerät. Das probiert Werner sofort aus, während ich die Toilette suche.
„Ich finde das Klo nicht!"
„Vielleicht ist es draußen", vermutet Werner.
„Dann reise ich sofort wieder ab!", schimpfe ich.
Schließlich entdecke ich hinter einer Art Stalltür neben dem Treppchen zur Schlafkammer noch eine Tür, die zu einem kleinen Duschbad mit WC führt. Nun – Luxus hatte ich für den günstigen Preis zwar nicht erwartet, aber fürs erste bin ich geschockt und würde am liebsten gar nicht auspacken, sondern gleich wieder nach Hause fahren. Doch wenn das Wetter so gut bleibt, werden wir uns kaum in dieser seltsamen Bleibe aufhalten.
Benno sind die Zimmer gleichgültig. Er wälzt sich zufrieden auf dem Rasenstück vor dem Häuschen. Und schon ist er über den Zaun gesprungen und kurz darauf wieder zurück.

Allerdings nicht allein. Ein schwarzer Labrador läuft hinter ihm her, springt wie Benno über den Zaun und schaut sich seelenruhig in unserem Ferienhäuschen um. Ich bleibe in der offenen Tür stehen und halte den Atem an. Dann rufe ich mutig: „Ab! Fort mit dir!"
Tatsächlich trottet daraufhin der fremde Hund davon. Schnell schließe ich die Tür.

Wir packen nur die Lebensmittel in den Kühlschrank und die Kleidung aus den Koffern. Dann setzen wir uns ins Auto und wollen die See sehen. Keine fünf Fahrminuten später parken wir direkt am Strand und sehen sofort ein großes Schild „Hunde-Strand Anfang". Das gefällt uns sehr und wir leinen Benno ab. Der rennt in großen Sprüngen den Strand entlang. Er buddelt Löcher in den weichen Sand – man sieht ihm seine Freude an. Dann läuft er auf das Wasser zu. Wasser ist sein Element. Aber dieses Wasser springt ihn an! Sofort zuckt Benno zurück und duckt sich. Ich lache. Werner hockt sich nieder und planscht mit seinen Händen ins Wasser. Benno kommt näher. Doch seine Haltung zeigt, dass er diesem Wasser nicht traut, das schon wieder auf ihn zu gespritzt kommt. Benno rennt lieber über den Strand. Wir sind ganz allein – weit und breit ist niemand zu sehen. Endlich entdeckt Benno eine ruhige Pfütze, die sich nicht bewegt. So ein Wasser kennt er und schon sitzt er mittendrin.

Ich greife einen Stock und werfe ihn ins Meer. Benno springt automatisch hinterher und schwimmt im Wasser. Von da an ist er nicht mehr zu halten. Rein ins Meer, wieder raus, Löcher im Sand graben, über den Strand rennen, wieder ins Wasser.

Am nächsten Morgen fahren wir wieder an den Strand. Der Sonntag hat seinen Namen redlich verdient, denn die Sonne scheint und es weht kein Wind. Wir parken in Ortsnähe. Es sind viele Leute unterwegs, die den freien Tag und das schöne Wetter nutzen.

Benno findet am Strand einen Seestern und beißt hinein. Es knackt. Das gefällt ihm und er frisst das Teil auf. Überall liegen Seesterne und Benno spielt mit ihnen, vergräbt sie im Sand oder frisst sie einfach auf. Schaden kann das nicht. Meerestiere sollen viele gesunde Proteine enthalten.

Wir gesellen uns zu den vielen Leuten in ihrem beigen Sonntagsstaat auf der Düne und laufen die Promenade Richtung Dorf. Gleich am Ortseingang direkt am Strand sehen wir eine kleine Bude mit einer Bank vor der Tür und einem Schild im Fenster: „Wir haben Platz für

345 Gäste – so nach und nach." Wir finden das lustig und treten näher. Es gibt unzählige Sorten Fischbrötchen, alle sehen ausgesprochen lecker aus und wir kaufen zwei Stück, die uns hervorragend schmecken. Viel besser als daheim.

Dann gehen wir weiter und stehen vor dem großen Kurhaus. Überall sitzen Leute in ihrem Sonntagsstaat auf den Bänken. Plötzlich erbricht sich Benno. Er kotzt einen großen hellen Haufen mitten auf die Promenade.

„Die Seesterne!"

Werner holt einen Beutel aus seiner Tasche und beseitigt das Malheur. Mindestens tausend Leute – so scheint es uns – schauen dabei zu. Wir wollen weitergehen. Aber Benno ist noch nicht fertig. Er kotzt immer mehr. Neben dem Kurhaus hängt ein Kasten mit Hundekackbeuteln. Ich laufe hin und ziehe gleich einen ganzen Pack heraus. Wir zerren Benno zur Seite und suchen irgendeine Stelle, wo wir nicht so auf dem Präsentierteller stehen, während Benno weiter kotzt.

Uns ist die Lust am Spaziergang vergangen und wir fahren zum Ferienhaus zurück. Benno setzt weitere Haufen in die kleine Wohnung. Wir nehmen gleich eine Schaufel zum Beseitigen der Klecks und kippen alles in die Toilette.

„Du lieber Schreck! Werner, komm schnell her!"
Die Kloschüssel droht überzulaufen. Vielleicht funktioniert die Spülung nicht richtig. Oder sie kann die knorpeligen Teile nicht aufnehmen. Uns ist nicht wohl in unserer Haut, da wir gleich am ersten Urlaubstag die fremde Toilette verstopfen. Werner bleibt ruhig und spült geduldig immer und immer wieder. Nach mehr als einer halben Stunde ist das Klo wieder frei und nichts verrät dieses unschöne Erlebnis.
Jedenfalls frisst Benno keine Seesterne mehr.

Mir gefällt es am Strand nicht, weil wir immer nur vor und zurück laufen können. Mal ist das Wasser links von uns, auf dem Rückweg rechts – oder umgekehrt.
Also setzen wir uns in Auto und fahren über eine gigantische Brücke auf die Insel Fehmarn. Dort ist es noch langweiliger. Und vor allem unangenehm windig. Nicht einmal Werner hat hier seine Freude, obwohl er im Gegensatz zu mir das Meer mag.
Am Hafen versuchen wir, Fisch zu kaufen – vergeblich. Im Ort finden wir einen hübschen kleinen Fischgasthof, wo wir draußen sitzen und köstlichen Fisch genießen können. Benno freut sich, dass er die Fischköpfe fressen darf. Das kennt er von daheim, wenn ich Forelle

zubereite. Dem Kellner erzählen wir, dass wir die Köpfe immer mitessen. Zuerst schaut er uns erstaunt an, dann entdeckt er Benno, der neugierig seine Nase unter dem Tisch hervor reckt und ihm ist sofort klar, wer die Köpfe bekommen hat.

Am Tag darauf besteigen wir den höchsten Berg von ganz Schleswig-Holstein. Der Bungsberg ist ganze 150 Meter „hoch". Leider finden wir keine Wanderwege, weil der gesamte Tourismus allein auf die Ostsee ausgerichtet ist.
Von Ferienhaus aus enden die Wege irgendwo im Feld. Dort können wir Benno nicht ableinen, weil es unglaublich viele Hasen gibt. Es vergeht kaum eine Minute, in der nicht ein Hase über unseren Weg springt.
Wir versuchen es in Eutin und Malente am kleinen und großen Plöner See, können aber auch dort nur am Wasser entlang laufen. Immerhin gibt es hier schöne alte Bäume und auch einen Gasthof mit leckeren Lamm- gerichten. Ansonsten bevorzugen wir während der ganzen Urlaubszeit Fisch.
An unserem letzten Urlaubstag steigt Werner ins Wasser. Die Ostsee ist sicher keine 14 Grad „warm". Aber Werner lässt sich nicht von seiner Idee abbringen. Und da einige Spaziergänger

stehenbleiben und sich über den verrückten Touristen wundern, will er sich keine Blöße geben und springt tatsächlich ins Meer und schwimmt einige Minuten.

Obwohl uns der Urlaub vor allem durch Bennos Badefreuden viel Freude brachte, schwöre ich heimlich während der Rückfahrt, dass ich nie wieder an die Ostsee fahre. Es sei denn, ich muss später einem neuen Hund das Meer zeigen.

Heute gehen wir in ein nahes Einkaufzentrum. Normalerweise fahre ich lieber allein mit dem Auto, denn Benno zerrt mich immer in eine ganz bestimmte Richtung. Dort gibt es einen Zooladen, in dessen Eingang immer ein großer Napf voller Trockenfutter steht. Aber heute will ich genau in diesen Zooladen und nehme Benno mit. Wie erwartet stürzt er sich auf den Napf und will ihn unbedingt leer fressen. Dazu hat er wenig Zeit, denn ich ziehe ihn schon nach wenigen Sekunden weg. Benno nimmt deshalb mit weit geöffnetem Maul einen vollen Hieb und schiebt sofort nach. Er kaut erst, nachdem ich ihn wegzerren kann. Im Laden selbst ist er ruhig und legt sich geduldig zwischen die Regale, während ich ihm ein neues Spielzeug auswähle. Natürlich einen Ball. Nach dem Bezahlen an der Kasse am

Ausgang passiert der gleiche heftige Kampf mit dem neu gefüllten Fressnapf.

Wir kommen an einem Zeitungskiosk vorbei und ich traue meinen Augen nicht. Auf dem Titelbild einer Hundezeitschrift erkenne ich deutlich meinen Benno. Wie kann das gehen? Ich trete näher und lese, dass der Hund ein Hirtenhund aus Finnland ist und auf Seite zwölf näher beschrieben wird. Selbstverständlich kaufe ich die Zeitschrift und kann es kaum erwarten, den Artikel zu lesen.

Die Rasse heißt Lapinporokoira. Das habe ich noch nie vorher gehört. Ich habe also einen lappländischen Rentierhund. Äußerlich sieht Benno haargenau so aus wie das abgebildete Rudel einer Züchterin aus Salzburg in Österreich. Sogar die detaillierte Beschreibung passt, denn Benno ist wie die Rüden im Artikel 50 Zentimeter groß. Sie haben schwarz-weißes oder schwarz-naturfarbenes oder braun-weißes Fell. Und die gleichen Ohren wie Benno, einen weißen Bauch und die hellen Flecken über den Augen. Alles genau wie bei Benno. Das Wesen wird mit gehorsam, ruhig, freundlich, energisch und dienstbereit beschrieben. Auch das trifft vollkommen auf Benno zu.

Werner ist ebenso begeistert wie ich. Er schneidet den Artikel aus und ich klebe ihn in mein Fotoalbum.

„Wenn uns jetzt einer fragt, was Benno für eine Mischung ist, dann antworten wir nicht mehr Promi für Promenadenmischung. Ab jetzt sagen wir ...wie hieß das gleich?"
„Lapinporokoira."
„Das kann sich kein Mensch merken."
„Macht nichts. Kennt auch keiner. Wir sagen einfach finnischer Lapplandkola."
Ich freue mich schon auf die fragenden Gesichter der fanatischen Rassenanhänger, die keine Mischlinge mögen und sie immer von oben herab als Dokö für Dorfköter bezeichnen. Oder wie die Rheinländer Loreley-Hund sagen und damit meinen: Ich weiß nicht, was soll es bedeuten.

Es ist Nacht. Wir schlafen in unseren Betten. Plötzlich kracht es laut. Noch einmal. Der Schrank wackelt. Schon wieder. Ich mache Licht. Benno steht in der Ecke. Ganz steif. Er fällt um und kippt gegen die Schranktür, die laut scheppert. Benno versucht, sich aufzurichten. Aber er kann seine Beine nicht bewegen. Sie bleiben starr und steif wie ein Stock. Ich knie mich zu Benno auf den Teppich. Seine Augen sind aufgerissen. Er weiß offensichtlich nicht, was los ist. Ich lege vorsichtig meine Arme um ihn und bette ihn auf sein Kissen. Dann massiere ich langsam und sanft seinen

Rücken, seine Beine und seinen Bauch. Nach weniger als zwei Minuten ist alles vorüber. Benno steht auf, schüttelt sich, legt sich auf sein Kissen und schläft weiter. Ich dagegen finde lange keine Ruhe und überlege, was das gewesen sein könnte.

Am nächsten Tag rufe ich den Tierarzt an. Er beruhigt mich.

„Das kommt oft bei Hunden vor. Es ist eine Art epileptischer Anfall. Wenn sie nicht häufiger als sechs Mal im Jahr auftreten und die Anfälle nicht länger als drei Minuten anhalten, müssen Sie sich keine Sorgen machen."

Sicherheitshalber lese ich im Internet nach und erfahre dort genau das gleiche, was der Tierarzt erklärte. Es gäbe umfangreiche Untersuchungen, wenn man sicher gehen möchte. Aber die sind sehr schmerzhaft für den Hund. Ich möchte keinesfalls Benno oder sonst einem Lebewesen unnötig Schmerzen verursachen. Deshalb lasse ich es dabei und werde diesen ersten Anfall im Kalender eintragen und abwarten, ob es einen weiteren geben wird.

Ich komme vom Friseur und schließe die Wohnungstür auf. Benno springt mir nicht wie sonst entgegen. Dass Werner nicht im Hause ist, habe ich gesehen, denn das Auto steht nicht auf dem Hof. Vielleicht ist er mit Benno unterwegs? Aber in diesem Fall hätte er mich sicher angerufen.

Auf dem Küchentisch liegt ein Zettel: „Bin in Freiberg – ist eilig – bis später – Kuss Werner". Zu Kunden nimmt Werner Benno höchst selten mit. Nur, wenn er weiß, dass der Termin schnell erledigt und an der Wegstrecke einer unserer Lieblingswälder ist. Richtung Freiberg sind gleich drei solcher Wälder. Doch auf dem Zettel steht nicht, dass er den Hund mitgenommen hat.

„Bennie!", rufe ich.

Im Schlafzimmer ist er nicht. Auch nicht im Büro. Jetzt höre ich ein Geräusch. Es kommt aus dem Gästeklo. Ich öffne die Tür. Das heißt, ich versuche, sie zu öffnen. Aber irgendetwas drückt dagegen. Benno! Ich versuche es wieder. Mit der Tür schiebe ich Benno in die Ecke hinter das WC. Steht er vor dem Becken, kann ich die Tür nicht öffnen. Es ist zum Verzweifeln. Jetzt wird Benno unruhig. Er knurrt. Sobald sich die Tür nach innen bewegt, bellt er. Ich weiß nicht, was ich machen soll. Kann ich überhaupt etwas machen?

Ich stecke meine linke Hand durch einen schmalen Türspalt und locke Benno am WC vorbei in die linke Ecke. Dann schiebe ich meinen Fuß nach und langsam mein Knie, damit er nicht hinter die Tür gelangen kann. Nach dem dritten Versuch gelingt es mir endlich, langsam die Tür zu öffnen.

Benno springt heraus. Ich muss mich erst einmal setzen. Sofort, wenn Werner nach Hause kommt, müssen wir beraten, wie wir die Tür künftig sichern können mit einem Klotz oder Türstopper. Am besten gleich ganz aushängen.

In dieses kleine Gästeklo flüchtet sich Benno immer bei Gewitter. Es hat kein Fenster und liegt an der Hausinnenseite direkt an der Brandmauer zum Nachbarhaus. Dort hört er den Donner gedämpft. Vielleicht hat ihn irgendein Knall erschreckt.

Es klingelt. Benno bellt sofort los. Er hat eine sehr tiefe Stimme, die einen viel größeren Hund vermuten lässt.

„Feiner Hund", lobe ich ihn, weil es normal und vor allem gut ist, wenn der Hund sich meldet, sobald ein Fremder an der Tür ist.

Dann befehle ich: „Schluss jetzt!"

Benno legt sich hin und wartet neugierig darauf, wem ich wohl die Tür öffne. Es ist Chris. Wenn sie zur Tür herein kommt, bleibt Benno nicht wie sonst artig liegen, sondern springt wie ein Gummiball auf und ab und sogar Chris an die Hüfte. Das gefällt mir nicht.

„Benno, lass das!"
Es hilft nichts. Benno hört meinen Befehl nicht und Chris lacht. Sie müsste warten, bis Benno ruhig vor ihr sitzt. Aber sie hält die mitgebrachten Leckerlis bereits in der Hand und dreht ihre Faust awechselnd vor Bennos Nase hin und her oder versteckt sie hinter ihrem Rücken. Benno wird immer aufgeregter und stupst mit seiner Schnauze fordernd gegen die Beine meiner Freundin. Er gibt erst Ruhe, wenn sie alle Kekse verfüttert hat. Dann legt er sich zufrieden in seinen Korb und stört uns nicht mehr.
Benno hat viele Schlafplätze: zwei dicke Kissen in der Schlafstube, zwei im Büro, eins in der Stube, dazu der Hundekorb, mehrere Decken unter den Schreibtischen und außerdem einen Hochsitz. Werner hat aus dem gleichen Holz, aus dem unsere Bücherregale gefertigt sind, eine Art Tisch gebaut, auf dem eine rutschfeste Matte liegt. Von dort aus kann Benno aus dem Fenster schauen und draußen die Fußgänger beobachten, wenn er will. Er will aber nicht. Er will auch nicht unter diesen Tisch kriechen, der ihm eine geschützte und kuschelige Rückzugshöhle bieten soll.
Patrik hatte ebenfalls solch einen Hochsitz. Er wagte nie, allein hinauf zu springen, weil der Tisch dann wackelte. Er stand davor und

schaute nach oben. Dann wusste ich, dass ich ihn hochheben sollte. Von dort oben aus konnte er stundenlang die Straße beobachten.

Patrik hatte auch für den Garten ein Kissen. Das war aus dem gleichen festen Material, aus dem Zelte gefertigt sind, gefüllt mit einem Granulat. Patrik lag sehr gern draußen, auch im Winter. Dieses Kissen schützte ihn zumindest vor Bodenfrost. Er legte seine Schnauze auf den erhöhten Rand und hatte somit den Weg zum Supermarkt im Blick.

Außerdem hatte er ein ganz besonderes Gelkissen. Zuerst füllte Werner Wasser ein. Das Gel quoll auf und machte die Unterlage dicker und auch härter. Es war sogar ein Stecker dran, denn man konnte das Gel erwärmen. Dieses besondere Hundekissen hat furchtbar viel Geld gekostet. Das wäre nicht so schlimm gewesen, wenn Patrik diesen exklusiven Schlafplatz geliebt hätte. Aber er ging nicht ein einziges Mal auf dieses Kissen. Nach etwa fünf Jahren warfen wir das Monstrum in den Müll.

Vielleicht hätte es Benno gefallen.

Wir fahren nach Scharfenstein. Das ist einer unserer Lieblingsausgangspunkte für wunderschöne Wanderungen im Zschopautal. Heute wählen wir den direkten Aufstieg in den

Hochwald. Benno kennt den Weg und läuft freudig voraus. Dann hören wir Geräusche. Motorgeräusche. Vor uns sind bald große Maschinen zu sehen auf riesigen Rädern. Wir bleiben stehen und schauen den Steilhang hinunter. Mehrere Männer hängen dicke Stahlseile an große Baumstämme und ziehen sie mit Hilfe einer Winde hinauf. Eine riesige Kralle packt die Stämme und schichtet sie am Wegesrand übereinander. Dort ist eine breite Weggabelung, wo man Richtung Drebach abzweigen kann.

Wir gehen geradeaus weiter Richtung Hopfgarten. Aber wir kommen nicht weit. Fast vier Meter hoch türmen sich direkt vor uns quer über den Weg dicke Baumstämme. Umkehren mag ich nicht. Werner winkt ab: „Kein Problem, wir finden schon einen Durchschlupf."

Links ist der felsige Steilhang hinunter zum Tal. Auf dieser Seite kommen wir also nicht vorbei. Rechts der ebenfalls steile Hang den Berg hinauf. Über die Stämme klettern ist zu riskant, sie könnten wegrollen und uns am Ende unter sich begraben.

Werner geht einige Schritte vor. Ich halte Benno an der Leine zurück. Ihm gefällt es nicht, wenn sich sein Rudel trennt und er springt unruhig hin und her.

Werner winkt mir, ihm zu folgen. Er hat eine

Lücke zwischen den Stämmen entdeckt.

„Du musst nur hier rauf steigen."

Das ist leicht gesagt, aber der unterste Stamm ist allein fast einen Meter dick. Ich lege mein Knie an, Werner schiebt von hinten nach und ich stehe halb über ihm. Für Benno ist es überhaupt kein Problem, auf die andere Seite zu kommen. Ich habe die Leine gelöst, damit sich jeder von uns frei bewegen kann.

Geschafft. Meine Hose und Jacke sind zwar schmutzig, aber das ist nicht schlimm.

Wenige Minuten später stehen wir vor einer Sperre, einem Band, das wegen Waldarbeiten das Weitergehen verbietet. Das heißt, aus der entgegengesetzten Richtung wären wir gar nicht in die Verlegenheit gekommen, über die Stämme klettern zu müssen.

Ab jetzt geht es abwärts, der Wald lichtet sich und man hat einen wunderschönen Blick über das Tal und die Hügel auf der anderen Flussseite.

Uns kommt ein Radfahrer entgegen, der sein Fahrrad den Berg hinauf schiebt.

„Guten Tag. Hier kommen Sie nicht weiter. Da vorn ist eine Sperre und dahinter liegen Baumstämme auf dem Weg."

„Ist das überhaupt der Zschopautalweg?"

„Ja."

„Aber er ist so steil und führt nicht im Tal

entlang. Ich bin schon völlig erschöpft."
„Am besten, Sie kehren wieder um und fahren unten die Talstraße entlang."
„Das wollte ich, aber die Leute sagen, man kommt nicht durch. Die Straße wäre gesperrt."
Das haben wir auch gesehen. Vermutlich hängt das mit den Waldarbeiten zusammen.
Ich wiederhole: „Hier kommen Sie wirklich nicht weiter."
„Wenn Sie es geschafft haben, schaffe ich es auch."
„Wir haben schließlich kein Fahrrad voller Gepäck dabei."
Der Mann geht trotzdem weiter. Wir rufen ihm noch: „Viel Glück!" hinterher und laufen den Berg nach Hopfgarten hinunter. Dort badet Benno erst einmal ausgiebig im Fluss. Danach gehen wir über die Brücke und auf der anderen Flussseite zurück nach Scharfenstein.

„Schau!" Werner hält einen grünen Umschlag hoch. „Von deiner Schwester."
Ich freue mich und reiße den Umschlag auf.
„Eine Einladung zu ihrem 50. Geburtstag!", juble ich.
„Und was machen wir mit Benno? Du weißt, dass wir ihn nicht mitnehmen können."
Das stimmt. Meine Schwester mag keine Haustiere - keine Katzen und vor allem keine

Hunde. Wenn sie uns besucht, ignoriert sie Benno ebenso wie früher Patrik. Das ist gut so, denn so merkt der Hund gleich, dass er sie nicht belästigen darf.

Wir müssen uns um eine Hundepension kümmern, bei der Benno bleiben darf. Ganz in der Nähe gibt es solch eine Pension, aber dorthin wollen wir Benno auf gar keinen Fall bringen. Wir kennen dieses Haus, als wir Patrik einmal über ein Wochenende dort unterbrachten. Es liegt ganz ideal am Stadtrand mit einem schönen großen Hundezimmer in einem kleinen Extra-Gebäude. Der Raum war großzügig mit zwei Sofas ausgestattet. Auf einem niedrigen sehr breiten Fensterbrett lagen zwei große Kissen, von wo aus der Hund weit über ein Tal mit Feldern und Wiesen und einem kleinen Waldstück schauen konnte. Das gefiel mir sofort, denn Patrik schaute sehr gern lange aus dem Fenster.

Als wir ihn nach drei Tagen abholen wollten, machte er einen völlig verstörten Eindruck. Erst viel später fanden wir heraus, dass er die ganze Zeit über Tag und Nacht ohne jede Unterhaltung dort eingesperrt und somit total isoliert und vereinsamt war. Er wurde tagsüber nur drei Mal kurz zum Lösen herausgelassen.

Es kam noch schlimmer: Patrik war voller Flöhe, die auf unserem Teppich, unseren

Sesseln und sogar im Bett herumsprangen.
Ich kaufte in einer Apotheke Spray für die Wohnung und Shampoo gegen Flöhe. Dann steckte ich Patrik in die Wanne und seifte ihn gründlich ein. Der Hund war derart geschwächt vom Flohbefall, dass er sich diese Prozedur gefallen ließ, obwohl er das Baden normalerweise hasste. Ich sprühte unsere gesamte Wohnung und auch das Büro mit einer beißend stinkenden Chemikalie ein.
Nichts half. Ich hatte den Eindruck, dass sich die Flöhe sogar vermehrten. In meiner Not rief ich den Tierarzt an, ob er vielleicht eine Idee hatte, wie ich das Ungeziefer erfolgreicher bekämpfen könnte.
„Sofort herkommen!", bestimmte er. „Dass die Leute immer erst selbst herumexperimentieren, statt sich sofort an mich zu wenden."
Jedenfalls schlug seine Behandlung sofort an.

Ich suche im Internet nach Hundepensionen im Raum Chemnitz und finde eine am anderen Ende der Stadt. Dort fahre ich sofort hin, um sie mir anzuschauen. Hier werden bis zu 15 Hunde aufgenommen. Die Wirtin und eine Helferin gehen mit allen Hunden gemeinsam mehrere Stunden spazieren, tagsüber dürfen sie auf der Wiese am Haus spielen.
„Ich möchte die Schlafplätze sehen."

„Gern. Wir haben Zwinger."

Ich winke sofort ab.

„Und Boxen."

Hoffentlich nicht so winzige Gitterboxen, die ich aus Fernsehsendungen kenne. Das würde ich Benno keinesfalls zumuten. Die Besitzerin führt mich in einen Kellergang mit vielen Boxen, die wie Pferdeboxen aussehen, nur kleiner.

„Am besten, Sie bringen die gewohnte Schlafdecke Ihres Hundes mit, dann fühlt er sich wohl."

Kann sich Benno in solch einem Stall wohl fühlen? Immerhin wäre er hier nicht allein, sondern hört, sieht und riecht andere Kameraden und fühlt sich sicher nicht so einsam wie damals Patrik.

Also sage ich zu und buche die drei Tage fest, an denen wir bei meiner Schwester feiern werden.

Wieder einmal besuchen wir die Hundeschule. Wir gehen nicht mehr regelmäßig, aber mindestens einmal pro Monat. Schon draußen vor der Reithalle ist ungewöhnlich großer Tumult. Mehrere Rüden bedrängen einen Hund ganz massiv. Als ich in der Halle Benno von der Leine lasse, stürzt er sich ebenfalls sofort auf diesen Rüden. Es sieht nicht wirklich gefährlich aus, eher nervös aufgeregt. Die Halterin will ihrem Hund helfen und verscheucht die zudringlichen Rüden. Aber sie sind sofort wieder da, springen von allen Seiten diesen einen Hund an und versuchen sogar, ihn zu besteigen.

Ich gehe zu der Frau und will wissen: „Was ist denn mit deinem Hund?"

„Wir haben ihn im letzten Monat kastrieren lassen. Seitdem findet mein Hasso keine Ruhe mehr. Wo er auftaucht, wird er sofort belästigt und besprungen."

„Der arme Hund. Warum hast du ihn eigentlich kastrieren lassen? War er krank?"

„Das nicht, nur so lebhaft. Er lief immer weg, vor allem, wenn ihm der Duft einer heißen Hündin in die Nase stieg."

„Aber das ist doch ganz normal."

„Mir war es lästig."

„Und jetzt? Jetzt hat dein Hund keine Ruhe mehr."

Das Training gestaltet sich heute besonders schwierig, denn sowie eine Übung ohne Leine versucht wird, rennen die Rüden samt Benno zu Hasso und bedrängen ihn. Hasso selbst macht gar nichts. Er bleibt stehen, dreht nur den Kopf zur Seite oder nach unten. Ein Bild des Jammers.

Mir tut der Hund mehr leid als die Frau. Wie kann man ohne Not und nur aus reiner

Bequemlichkeit sein Haustier verstümmeln lassen? Das verstehe ich nicht.

Sicher läuft nicht jeder Hund seinem Halter weg, sobald er von der Leine ist. Aber wohl jeder Rüde wird zumindest unruhig, wenn er eine heiße Hündin riecht.

Ich sage zu Maik: „Mein Mann dreht sich nach jeder Frau um und cholerisch ist er auch. Aber ...".

Maik knufft mich in den Arm. „Ich weiß, was du sagen willst." Er droht mit dem Finger. „Für mich ist das nicht witzig."

Etwas verlegen lenke ich ab und erzähle von der Hundepension mit den Kellerboxen und von der mit den vielen Flöhen.

„Warum bringst du Benno nicht zu mir?"

„Zu dir?"

„Ja, ich habe immer Hundegäste."

„Aber du hast doch selbst einen Hund."

„Vier. Ich habe vier Hunde. Hierher zum Training bringe ich nur die kleine Paula mit. Die anderen drei sind Rüden: zwei wüste Collies und ein großer fauler Neufundländer."

„Hast du so viel Platz?"

„Aber ja. Ich wohne auf einem alten Bauernhof mit einem großen Garten und vielen Tieren: Hühner, Katzen, Pferde, Ziegen. Die Hunde dürfen sich überall auf dem gesamten Grundstück und im Haus frei bewegen."

„Oh! Das wäre nichts für Benno. Er würde ganz sicher deine Hühner jagen."
„Das glaube ich nicht. Bisher ist noch immer alles gut gegangen."
Das werde ich heute Abend gleich Werner erzählen. Beim nächsten Mal, wenn wir eine Hundepension brauchen, bringen wir Benno zu Maik.

Meine Freundin Sonja besucht mich! Ich bin ganz aus dem Häuschen vor lauter Freude. Werner hat eine Luftmatratze besorgt, auf der unser Gast die zwei Nächte schlafen kann.
Sonja und ich schreiben uns seit mehr als 20 Jahren Briefe. Früher schickten wir uns diese per Post zu. Seit einigen Jahren funktioniert dies einfacher und vor allem viel schneller via Internet. Wir mailen nahezu täglich, schicken uns Fotos von Familienereignissen und vor allem von unseren Hunden.
Sonja hat drei Hunde. Drei Doggen mit hellbraunem Fell und einem großen vierkantigen Kopf mit kurzer breiter schwarzer Schnauze. Und trotzdem sehen sie komplett verschieden aus, da sie ganz unterschiedlich groß sind.
Leo ist eine riesengroße Italienische Dogge mit einem extrem breiten Schädel. Gustav heißt der kleinste Hund und ist eine winzig kleine

Französische Bulldogge. Sonjas Lieblingshund ist die Englische Bulldogge Archie. Und diesen Archie wird Sonja mit zu mir bringen.

Kurz, bevor sie auf unseren Hof fährt, ruft mich Sonja an, damit ich sie draußen empfangen und Benno die Besucher kennenlernen kann. Archie ist etwas kleiner als Benno, doch offensichtlich viel schwerer. Die Hunde verstehen sich gut und wir gehen hinein.

Sonja soll sich erst einmal bei einer Tasse Kaffee von der 370 Kilometer langen Fahrt erholen, bevor wir mit den Hunden in den Wald gehen.

Doch kaum haben wir uns an den Kaffeetisch gesetzt, stürzt sich Archie unvermittelt auf Benno. Sonja greift blitzschnell zu und zieht ihren Hund zurück. Sie leint ihn an, um ihn besser unter Kontrolle zu haben. Ich bin ziemlich bestürzt, denn Sonja beschrieb ihre drei Hunde als sehr verträglich und gutmütig. Das scheint überhaupt nicht auf Archie zuzutreffen. Ich weiß, dass Bulldoggen stur und mutig sind, aber normalerweise nicht böse. Und das hier ist Bennos Haus und ein Gast sollte sich auf jeden Fall gut benehmen.

Draußen im Wald gehen sich die Hunde aus dem Weg. Wir brauchen keine Angst vor Übergriffen zu haben.

Erst daheim in der Wohnung will Archie meinen

Haushund nicht nur vertreiben, sondern gleich beißen. Deshalb können wir uns nicht so leicht wie geplant ungestört unterhalten.

„Im Grunde sind meine Hunde genauso Mischlinge wie dein Benno."

„Wie kommst du darauf?", wundere ich mich.

„Na, sie haben keine Papiere."

„Na und?"

„Ich könnte sie nie ausstellen."

„Ausstellen? Wie meinst du das?"

„Kennst du keine Hundeausstellungen?"

„Ach das meinst du. Himmel! Nein! Für mich ist das Tierquälerei."

„Nun übertreibe mal nicht!"

Ich wusste schon aus Sonjas Briefen, dass sie gern derartige Ausstellungen besucht. Für mich wäre das nichts. Und für meinen Hund schon gar nicht. Stundenlang still sitzen, ab und zu im Kreis gehen und sich von fremden Leuten anfassen lassen - mit Tierliebe hat das für mich nichts zu tun.

„Außerdem halte ich Papiere für kompletten Unsinn", setze ich nach. „Man erkennt die Rasse doch am Hund und nicht am Papier. Solch eine alberne Urkunde ist ein Züchterbeleg, den man in einen Schrank legen kann. Aber für mich und vor allem für den Hund völlig ohne jede Bedeutung."

Ich halte nichts von Züchtungen. Da gibt es

Vorschriften, wie lang der Schwanz sein darf, wie hoch das Bein, wie breit das Maul und wie das Ohr geformt sein muss.
Sonja und ich haben noch lange diskutiert, während sich Werner lieber an seinen Computer zurückgezogen hat.

Am nächsten Tag wollen wir unsere Hunde fotografieren. Und zwar beide nebeneinander. Auf dem Weg zum Wald kommen wir an einer wunderschönen Wiese vorbei, worauf große hübsch gewachsene Tannen stehen – der perfekte Hintergrund für unsere Hundemodels.
„Sitz!" Benno befolgt meinen Befehl. Sonja zieht Archie neben meinen Hund. Ich habe bereits den Fotoapparat in der Hand, schalte ihn an und zoome die Hunde näher. Knips.
„Schau! Das sieht hübsch aus."
Ich zeige meiner Freundin die gelungene Aufnahme. Dann hocke ich mich hin. Benno kommt sofort zu mir gelaufen. Das macht er immer, wenn ich mich hinhocke.
„Nein, Benno. Bleib!"
Ich führe ihn am Halsband an die Stelle vor den Baum zurück und hocke mich erneut nieder. Nun legt sich Archie hin. Mit dem Rücken zu mir. Sonja lacht. Wir versuchen es noch einmal und bringen die Hunde in Position.
Ich hocke mich hin und halte meinen

Fotoapparat bereit. In dem Moment wirft sich Benno auf den Rücken und wälzt sich genüsslich im Gras. So wird das nichts.

„Ich weiß, was wir machen." Sonja geht zu den Hunden. Benno kriecht inzwischen unter den Baum und schnüffelt.

„Benno! Hier!" Sonja greift nach seinem Halsband, zieht ihn neben sich und kauert sich zwischen die beiden Hunde. Das ist ein schönes Motiv. Vor allem, weil Sonja noch immer lacht. Sie legt jedem Hund einen Arm um die Schulter. Das gefällt mir und ich schieße ein wunderschönes Foto.

„Jetzt ich!", rufe ich und postiere mich an die gleiche Stelle, an der vorher Sonja so hübsch aussah. Ich reiche ihr meinen Fotoapparat.

„Warte! Ich will mit meinem Handy fotografieren."

Archie schnauft. Er steht gemächlich auf und trottet davon.

„Jetzt geht es nicht mehr", stellt Sonja fest. „Mein Hund ist ein Dickschädel. Wenn er nicht will, dann will er nicht."

Archie dreht sich nicht zu uns um. Ich nehme Benno lieber an die Leine. Lachend laufen wir weiter in den Wald hinein und planen, in der Zeisigwaldschänke ein Eis zu essen.

Dort angekommen sehen wir viele Menschen, die offensichtlich auf etwas warten. Ich zeige

auf eine kleine Waldkapelle.
„Schau! Eine Hochzeit!"
„Oh!" Sonja klopft sich auf den Schenkel und ruft: „Archie!"
Archie trottet zu ihr. Und was macht Sonja? Sie legt sich der Länge nach auf den mit Rosenblüten bestreuten roten Teppichläufer, der vor der Kapelle ausgerollt ist.
„Schnell, Betti, mach ein Foto!"
Ich greife nach meiner Kamera und drücke eilig mehrmals auf den Auslöser. Inzwischen kommt das Brautpaar mit seinen Gästen näher. Einige der Leute lachen, andere schauen empört auf die Frau mit ihrem Hund auf dem Hochzeitsteppich. Sonja springt auf und ruft: „Pardon! Aber ich konnte einfach nicht widerstehen. Ich wollte unbedingt einmal auf dem roten Teppich sein."
Die Braut schüttelt mit dem Kopf.
Ich rufe: „Vielen Dank und viel Glück!"
Dann ziehe ich Sonja zur Seite – weg vom Teppich und der Hochzeitsgesellschaft.
Im Wald treffen wir noch mehrere von Bennos Freunden und Feinden und haben unsere Freude daran, wie unterschiedlich unsere beiden Hunde auf ihre Artgenossen reagieren. Nur bei Felix, einer lustigen Promenadenmischung, sind sie sich einig und jagen mit ihm gemeinsam davon.

Sonntag. Abreisetag. Wir sitzen alle am Frühstückstisch, sogar Axel ist gekommen. Er kennt Sonja von Fotos und meinen Berichten. Benno liegt in seinem Körbchen, Archie ist bereits in Sonjas Auto und bewacht das Gepäck.
„Willst du dir nicht eine Flex kaufen?", fragt Sonja.
Ich weiß, was Sonja meint. Das ist eine spezielle dünne Leine, die sich in ein Gehäuse aus Plastik rollt.
„Mir ist das Ding zu groß, man kann es nicht in die Manteltasche stecken."
„Das stimmt. Aber der Hund hat viel mehr Freiheit und kann sich acht Meter weit ungehindert bewegen."
„Er rennt hin und her."
„Na und? Er kann schnüffeln, wo er will und du hast ihn trotzdem unter Kontrolle und kannst ihn mit der Bremstaste stoppen und sogar zu dir zurückholen."
„Ich weiß nicht recht."
„Benno läuft dir so oft weg und du musst auf ihn warten. Ich würde mir das an deiner Stelle nicht antun. Die Flex bringt dir und deinem Hund mehr Freude als an der kurzen Lederleine und weniger Ärger, als wenn er frei in den Wald rennt."
Vielleicht hat Sonja Recht.

Nach dem Frühstück verabschieden wir uns und ich verspreche, sie ebenfalls einmal zu besuchen. Nur weiß ich nicht, ob ich Benno mitbringen kann in ein Haus mit drei eigenwilligen Doggen-Rüden.

Kaum ist Sonja vom Hof, setze ich mich an meinen PC, um mir die empfohlene Flexi-Leine im Internet näher anzuschauen und bei Gefallen gleich morgen eine im nahen Zooladen zu kaufen.

Heute wollen wir Pilze sammeln. Wir kennen eine verschwiegene Stelle im Scharfensteiner Wald und nehmen zwei Körbe und zwei kleine Messer mit. Eigentlich finden wir Pilze meist nur dann, wenn wir nicht danach suchen, keinen Korb dabei haben und demzufolge nicht wissen, wie wir sie zum Auto und nach Hause transportieren können. Trotzdem fühlen wir uns heute sicher, denn unser Nachbar Jost sagt, es wäre genau die richtige Zeit und das richtige Wetter zum Pilze sammeln. Außerdem stünde der Mond ideal und nimmt gerade zu. Da wachsen die Pilze besser.

Wir parken das Auto unten an der Zschopau und laufen hinauf in den Hochwald. Benno freut sich. Für ihn ist die Richtung klar und vor allem sieht es nach einer schönen langen Tour aus.

Nach einer knappen Stunde verlassen wir den

Weg und gehen in den Wald. Das ist neu für Benno, denn bisher sollte er immer auf dem Weg bleiben. Er springt aufgeregt hin und her.
„Ich habe einen Pilz gefunden!", rufe ich begeistert. Werner kommt zu mir und staunt.
„Ein herrlicher Steinpilz und ganz ohne Maden."
Der Pilz kommt in den Korb. Sicher finden wir noch viele, wenn es so gut anfängt.
„Hast du einen?"
„Nein. Und du?"
So fragen wir uns gegenseitig ab und entfernen uns immer weiter voneinander. Benno stört. Er hüpft immer dann heftig zur Seite, wenn ich mich gerade bücke, um zu schauen, ob ich einen Pilz gefunden habe. Das bringt mich zum Straucheln zwischen all den Ästen, die im Wald herumliegen.
„Benno! Lass das!", schimpfe ich.
Benno weiß nicht, weshalb ich so verärgert bin. So geht das nicht. Ich löse die Leine und Benno rennt sofort davon.
„Benno!" Das war Werners Stimme.
Ich kichere vor mich hin, weil ich mir Werners erschrockenes Gesicht vorstelle, als plötzlich Benno vor ihm steht.
Großes Pilzglück habe ich nicht, aber ich finde etliche Maronen und mehrere Ziegenlippen, die nicht von Maden zerfressen sind.

Ich schaue mich um und suche mit den Augen nach Werner. Er ist nirgendwo zu sehen. Also rufe ich nach ihm. Doch es erscheint nicht mein Mann, sondern Benno, der in langen Sätzen auf mich zugesprungen kommt. Er genießt es sichtlich, so frei durch den Wald rennen zu dürfen. Kurz vor mir dreht er um und stürmt ebenso schnell wieder davon.

„Werner!", versuche ich es noch einmal.

Aber ich erhalte wieder keine Antwort. Hätte ich doch nur mein Handy mitgenommen. Wohin wird Werner wohl gegangen sein? Da fällt mir Benno ein, wie er nach rechts den Wald hinauf gelaufen ist. Deshalb schlage ich genau diese Richtung ein.

Es dauert nicht lange und Benno kommt wieder zu mir und rennt erneut davon. Nun bin ich zuversichtlich, gleich auf Werner zu treffen. Und richtig: jetzt kann ich ihn sehen.

Werner fand nicht ganz so viele Pilze wie ich, aber zusammen mit meiner Ausbeute reicht es für eine richtig leckere Mahlzeit heute Abend.

Ich will wie immer am Nachmittag mit Benno in den Wald. Aus dem Nachbarhaus kommt ein junges Paar, das ich schon oft mit ihren beiden Hunden gesehen habe. Der junge Mann führt meist einen großen schwarzen Schäferhund und die junge Frau einen lebhaften Dalmatiner.

Wir grüßen uns, sprechen aber nie miteinander.

Heute haben sie keinen Hund dabei und die junge Frau versucht, ihre rotgeweinten Augen unter einer Kapuze zu verstecken. Ich laufe sofort auf die Beiden zu. Benno springt an der Frau hoch. Sie hockt sich hin und streichelt ihn. Ich hocke mich daneben und frage: „Was ist denn passiert? Kann ich helfen?"

Der Mann schüttelt den Kopf. Er sieht unendlich traurig aus.

„Wo sind denn eure Hunde?"

Nun weint die Frau. Ich nehme sie in den Arm und versuche, sie zu trösten. „Ich bin die Betti und wohne hier im Erdgeschoss." Mit dem Kopf zeige ich auf unser Wohnhaus.

„Das ist Bianka und ich bin der Olaf", sagt der junge Mann. „Unser Bobby ist heute gestorben."

„Ach, das tut mir leid. War er krank?"

„Ja. Er lag in Leipzig in der Tierklinik und hat die Operation nicht überlebt. Wir haben ihn eben erst geholt. Er liegt dort in unserem Auto." Olaf zeigt auf sein schwarzes Auto. Die Farbe passt perfekt zu dieser traurigen Situation.

„Und wo ist euer anderer Hund?", versuche ich abzulenken.

„Billy ist oben und sucht nach seinem Freund. Ihm geht es gar nicht gut."

„Das kann ich mir vorstellen", sage ich mitfühlend. „Was wollt ihr denn jetzt machen?"
„Wir wissen nicht, wo wir Bobby beerdigen können. Beim Tierfriedhof geht keiner ans Telefon."
Benno zerrt an der Leine, er will in den Wald. Ich zeige auf meinen Hund und sage: „Ich muss los, Benno wird ungeduldig. Kommt einfach heute Abend vorbei, wenn euch nach Reden zumute ist. Billy könnt ihr natürlich mitbringen."
Als ich aus dem Wald zurück komme, hängt außen an der Haustür ein kleiner Beutel mit einem Zettel: „Für Benno von Billy." Benno springt sofort hoch und versucht, nach dem Beutel zu schnappen und mir ist klar, dass ganz sicher Hundenaschis darin sind.

Einen Monat später sehe ich Bianka und Olaf wieder. Sie winken mir zu und rufen: „Hallo. Alles in Ordnung."
Das scheint mir überhaupt nicht der Fall zu sein. Denn in ihrer Mitte haben sie Billy, den Dalmatiner. Statt einer Leine hängt er in einem Geschirr mit Gurten, an denen er von seinen Haltern getragen wird. Offensichtlich kann der Hund nicht allein laufen.
Von der anderen Straßenseite ruft ein Mann: „Der Henkelhund!" und seine Frau ergänzt:

„Tierquälerei!"
Bianka hebt wie entschuldigend die Schultern, dreht sich weg von mir und geht einfach weiter. Olaf und Billy müssen ihr wohl oder übel folgen, weil Bianka einen der beiden Henkel in ihrer Hand hält. Was mag da wohl passiert sein?
Am Abend klingelt es. Vor der Tür stehen Bianka und Olaf. Benno kommt sofort gelaufen und springt an Bianka hoch. Sie fragt: „Habt ihr Zeit?"
„Kommt rein!" Ich zeige auf die beiden Sessel.
Werner setzt sich zu mir aufs Sofa. Nun erfahren wir, dass Billy eine kranke Hüfte hat und nicht mehr laufen kann. Mit dem Henkelgeschirr kommt er gut zurecht. Nur die Treppenstufen im Haus bis zum zweiten Stock hinauf und herunter muss er getragen werden. Das ist nicht einfach bei einem so großen Hund und für Bianka kaum zu schaffen.
Bianka ist traurig, dass die Leute wenig Mitgefühl zeigen und sie als Tierquäler beschimpfen. Ich muss zugeben, dass auch ich kein gutes Gefühl dabei habe, einen Hund herumzutragen. Vermutlich würde ich ihn eher erlösen – deutlicher gesagt: einschläfern lassen.
Trotzdem ist aus diesem traurigen Ereignis eine Freundschaft gewachsen, die der Alltag so

schnell nicht auslöschen kann.

Werners Schwester Charlotte ruft an und fragt: „Habt ihr Hundehaare?"
Hundehaare? Wie meint sie das? Auf dem Teppich liegen jedenfalls mehr als uns lieb sind.
„Ihr habt doch früher Patriks Haare gesammelt."
Patrik hatte ein erheblich dickeres Fell als Benno. Es sah aus wie von einem Schäferhund. Ich hatte in einem Hundebuch gelesen, dass man die Haare sammeln und zum Spinnen und Stricken an eine bestimmte Adresse schicken soll. Diese Frau strickt Westen aus Hundewolle, die extrem wärmen. Der Gedanke gefiel mir, dann hätte ich einen Teil meines geliebten Patrik direkt bei mir und hübsch aussehen würde dieser Partnerlook sowieso. Immer, wenn ich Patrik bürstete, steckte ich die Fellbüschel in einen großen Plastikbeutel. Nach dem dritten Fellwechsel war dieser Beutel kaum zu einem Viertel gefüllt, ich gab deshalb mein Vorhaben auf und schüttete all die gesammelten Haare in den Müll.
Charlotte hakt nach. „Habt ihr noch Haare? Wir brauchen sie dringend."
„Ihr braucht sie? Wofür denn?"

„Sie sollen Marder vertreiben."
Das ist mir vollkommen neu.
Charlotte spricht weiter: „Stell dir vor, bei uns hat ein Marder den Gummi rings um die gesamte Frontscheibe abgefressen. Wir mussten in der Werkstatt die Scheibe neu einfassen lassen. Der Monteur hat uns geraten, Hundehaare zu besorgen und die überall im Auto und Motorraum auszulegen. Kannst du uns helfen?"
„Viel Fell verliert Benno nicht, der Wechsel ist schon vorbei. Aber bis Weihnachten kann ich sammeln. Wenn Ihr zum Fest kommt, habe ich sicher einiges beisammen."
Hoffentlich wartet der Marder bis dahin und frisst nicht das neue Gummi oder einen Schlauch kaputt.

Es ist Herbst und äußerst stürmisch. Ich schlage mit Benno trotzdem den Weg zum Wald ein, denn dort zwischen den Bäumen bin ich windgeschützt. Wir gehen zu Bennos Lieblingslichtung, auf der er frei laufen und seinen Ball fangen kann.
Plötzlich kracht es hinter mir. Ich ziehe unwillkürlich den Kopf zwischen meinen Schultern ein. Benno springt zur Seite. So ein Geräusch hatte ich vorher noch nie gehört. Es klingt gefährlich wie eine ohrenbetäubende

Mischung aus Knacken und Rauschen. Vorsichtig schaue ich mich um. In etwa zwanzig Metern Entfernung liegt ein riesiger Baum quer über dem Weg. Nun bin ich doch sehr erschrocken, meide lieber die Lichtung und gehe mit Benno eilig den Hauptweg entlang und bin erleichtert, die Brücke zu sehen, über die wir aus dem Wald heraus kommen.
Am nächsten Tag ist der Sturm abgeklungen, doch der Wald sieht schlimm aus. Ich komme kaum vorwärts, denn überall versperren abgeknickte Äste und sogar umgekippte Bäume die Wege. Benno hat im Gegensatz zu mir großen Spaß daran, über die Stämme zu springen oder unter ihnen hindurch zu kriechen.

Weihnachten. In diesem Jahr hat es noch nicht geschneit, aber es ist bitterkalt. Benno ist bei jedem Wetter gern draußen. Ich nicht. Zwar gehe ich bei jedem Wetter mit meinem Hund im Wald spazieren, doch wenn es regnet, wähle ich eine kurze Runde durch unser Viertel. Regen mag ich überhaupt nicht, auch keinen Wind. Doch auf den Schnee freue ich mich schon.
Werner stellt den Couchtisch in die Ecke vor unser Bücherregal und darauf den Weihnachtsbaum, den ich noch vor dem Mittag festlich

schmücken will. Werner hat bereits die bunten Kugeln und geschnitzte Holzfiguren bereit gelegt. Der Baum ist zwar klein, aber wunderhübsch gewachsen. Während ich ihn schmücke und anschließend das Mittagessen zubereite, geht Werner mit Benno eine kleine Waldrunde.

Das Telefon klingelt. „Betti, ich bin´s." Werner klingt aufgeregt. „Benno sprang über einen Baumstamm und hat furchtbar laut aufgeschrien."

„Ist er verletzt? Soll ich dich mit dem Auto abholen?"

„Nein. Er läuft wieder."

Benno verhält sich auch daheim völlig normal, frisst seine halbe Weihnachtsbratwurst mit Stampfkartoffeln und kringelt sich anschließend in seinem Körbchen zusammen.

Als er den Platz wechseln und aus seinem Korb steigen will, schreit er wieder. Besorgt eilen Werner und ich zu ihm. Ich untersuche sein Fell, seine Pfoten – alles scheint in Ordnung zu sein. Doch wenn ich ihm über den Rücken streiche, zuckt er zusammen und knurrt sogar. Dort wird er wohl Schmerzen haben.

„Immer passiert das Weihnachten, wenn kein Tierarzt zu erreichen ist", seufzt Werner.

„Ich werde Maik anrufen", sage ich und wähle

die Nummer meines Hundetrainers. Maik gibt mir die Rufnummer einer Homöopathin für Tiere.

„Du kannst sie unbesorgt auch heute an Heilig Abend anrufen."

Ich wünsche Maik noch ein frohes Fest, atme tief durch und wähle ein wenig unsicher die Nummer der Homöopathin.

„Richter, guten Tag. Ihre Nummer habe ich von Maik Nestler. Mein Hund hat Schmerzen im Rücken und schreit manchmal."

„Wie bitte? Ich verstehe Sie nicht. Hier ist es zu laut."

Ich erkläre alles noch einmal, jetzt langsamer und lauter und ergänze zum Schluss: „Es tut mir leid, Sie ausgerechnet Weihnachten zu stören. Sicher haben Sie das Haus voller Gäste."

„In der Tat. Ich habe Geburtstag und es geht entsprechend lustig zu."

Oh je – so ein Weihnachtsabend würde mir nicht gefallen und obendrein mein Anruf.

„Gehen Sie in die Apotheke und besorgen Sie Arnica C30 und Hypericum D12. Davon geben Sie sofort je zehn und morgen dreimal täglich je drei Globoli."

„Globoli? Was ist das?"

„Kleine Kügelchen."

Ich bedanke mich und wünsche noch ein

schönes Fest. In meiner Aufregung habe ich ganz vergessen, der netten Frau zum Geburtstag zu gratulieren. Werner nimmt den Zettel und fährt sofort in die nächste Apotheke, die am Weihnachtstag zum Glück bis 14 Uhr geöffnet hat.
Und tatsächlich geht es Benno sofort nach der Einnahme dieser unscheinbaren winzigen Kügelchen besser.

Endlich Schnee! So wie Benno und ich freuen sich offensichtlich sämtliche Kinder in Chemnitz, die einen Schlitten besitzen. Denn der Wald ist voller Rodelschlitten und Kinder, die sich kreischend mit Schnee bewerfen. Benno springt hin und her und würde am liebsten mit den lärmenden Kindern toben.
Auf dem etwas ansteigenden Hauptweg kommt mir ein Schlitten entgegen, der von einem Schäferhund gezogen wird. Auf dem Schlitten sitzt ein Mädchen. Ich erkenne Sandra. Und Benno seinen Freund Jorgy, auf den er sofort freudig zuspringt. Ein kleiner Junge neben mir ruft ganz begeistert: „Ooooch! Ich will auch so einen Schlittenhund!"
Obwohl Benno ein halber Husky ist, bin ich noch nie auf die Idee gekommen, ihn vor einen Rodel zu spannen. Die Hunde wollen spielen, aber das geht am Schlitten nicht. Ich winke

Sandra zu und gehe weiter.

Mir ist das zu viel Trubel so nahe an der Stadt. Ich ändere die Richtung und laufe zum oberen Wald, wo es ruhiger zugeht. Wir sehen nur einen kleinen Jungen mit seinem Vater durch den Tiefschnee stapfen.

Plötzlich ertönen laute Rufe: „Juhuuu! Jipieh!" Im gleichen Moment stürmen zwei undefinierbare Gestalten auf mich zu. Dann höre ich „Stopp! Stopp!"

Jetzt erkenne ich einen Mann auf einem Fahrrad, der einen abschüssigen Weg durch den Schnee auf mich zugerast kommt und mit einem Arm vergnügt in der Luft wedelt. Vor ihm rennt ein silbergrauer Husky an der Leine, neben ihm frei ein schwarzer Schäferhund. Hinter dem Mann wirbelt ein Schlitten durch den Schnee, vor dem vier Hunden gespannt sind. Nicht paarweise wie bei Schlittenhunden, sondern jeder einzeln an einer Extra-Leine, so dass sie nebeneinander laufen.

Ich trete zur Seite und lasse Benno neben mir absitzen. Die Gespanne halten. Der Mann auf dem Rad bedeutet mir, dass er geradeaus will und ich stehenbleiben soll. Und schon geht es weiter.

Wie kommt man auf die Idee, sich auf einem Fahrrad durch den Schnee ziehen zu lassen? Ich halte das für einen absolut verrückten

Einfall und bedaure sehr, dass ich keinen Fotoapparat dabei habe. Diese zwei seltsamen Gespanne hätte ich gern festgehalten.

Heute gehe ich gleich nach dem Mittag mit Benno in den Wald. Werner ist zu Kunden unterwegs und wird erst am Abend zurück sein. Ich muss das Telefon nicht hüten, weil heute Gründonnerstag ist und deshalb keine Anrufe zu erwarten sind. Also kann ich unbesorgt die Büroarbeit vergessen und stattdessen mit Benno das wunderschöne Wetter genießen.
Wie immer gehen wir direkt in den Wald. Hinter der Zeisigwaldschänke sehe ich drei Frauen mit drei Hunden. Sie bleiben stehen. Ob sie auf mich und Benno warten?
„Hallo", grüßt eine große kräftige Frau. „Ich bin die Elke und das ist meine Sally." Sie zeigt auf einen hübschen kleinen Mischling.
Benno und Sally begrüßen sich stürmisch. Elke lacht. „Da hat meine Süße endlich einen passenden Freund gefunden. Die anderen sind ihr zu groß oder zu langsam."
In der Gruppe ist noch ein Labrador und ein alter Schäferhund. Wir machen uns bekannt und sprechen über unsere Hunde.
„Da kommt endlich Margitta, diese Trödelliese."
Mir wird klar, dass die Gruppe auf diese Margitta mit ihrem Colly gewartet hat. Der

Hund geht steif an kurzer Leine und ich vermute, dass es ein streitlustiger Rüde ist. Aus einem Seitenweg stoßen noch zwei Frauen und vom Parkplatz ein Mann mit drei großen weißen Schäferhunden zu uns.
Elke ruft: „Nun sind wir komplett. Los geht's!"
Ich schließe mich der Gruppe an und zähle acht Leute und elf Hunde. Im Wald habe ich noch niemals vorher so viele Hunde auf einmal getroffen. Benno weicht den weißen Schäferhunden aus, zwei von ihnen sind erst zwei Jahre alt und sehr stürmisch. Er tobt lieber mit Sally durch den Wald. Die beiden Hunde fassen gleichzeitig einen Stock – Sally zieht an einem Ende und Benno am anderen. Leider habe ich wieder keinen Fotoapparat dabei.
Ich erfahre, dass sich diese Gruppe täglich um die gleiche Zeit an dieser Stelle trifft und dann gemeinsam durch den Wald geht. Ich habe an diesem Nachmittag mit der Meute viel Spaß und nehme mir vor, mich der Gruppe bald wieder anzuschließen.
Einfach wird das nicht so mitten in der Büroarbeitszeit, aber Freitags zum Beispiel könnte ich hin und wieder schon nach dem Mittag mit Benno in den Wald. Und dann vergesse ich ganz sicher meinen Fotoapparat nicht.

Bereits in der nächsten Woche möchte ich meine neuen Freunde treffen und Benno den Spaß mit so vielen Hunden gönnen. Dieses Mal habe ich den Fotoapparat eingepackt und will viele lustige Bilder von dem riesigen Rudel schießen.

Ich höre die Frauen schon von weitem lachen. Sie haben alle einen Rucksack oder eine Tasche dabei und schlagen den Weg in den unteren Wald ein. Wir gehen auf Bennos Lieblingslichtung. Dort packen die Frauen ihre Taschen aus: Thermoskannen voller Kaffee und verschiedene Kuchen und Kekse. Ich habe nichts dabei.

Elke tröstet: „Das macht nichts. Es ist genug für alle da." Sie zeigt auf die vielen Pakete und bittet: „Greif zu!"

Die Kuchen schmeckt köstlich. Wir tauschen unsere Telefonnummern, damit ich die nächste Kuchenparty nicht verpasse.

Benno tobt mit den anderen Hunden über die Lichtung. Er legt sich in eine große Pfütze und wälzt sich genüsslich im Schlamm. Alle amüsieren sich über mein schmutziges Schlammschwein.

Dann lassen wir alle Hunde in einer Reihe Sitz machen. Elf große und kleine, ganz verschiedene Hunde liegen und sitzen brav nebeneinander. Das ist ein ganz ungewöhnliches Bild. Mir gelingen wunderschöne Aufnahmen. Manfred hat sein Handy dabei und schickt die Bilder seiner Freundin. Die ist derart begeistert, dass sie zurückschreibt, er solle sie gleich ins Internet stellen.

Benno rennt plötzlich in den Wald und sechs der Hunde hinterher. Ihre Halter rufen und schreien, aber das hilft nichts.

„Warum rufst du deinen Benno nicht zurück?", will Elke wissen.

„Das hat keinen Sinn. Er hört mich sowieso nicht."

„Doch! Hunde haben ein sehr gutes Gehör."

„Möglich. Aber wenn Benno einer Spur nachjagt, konzentriert er sich voll darauf und ist wie im Fieber."

Inzwischen kommen die ersten zwei Hunde zurück. Ihre Zungen hängen weit aus dem Maul heraus. Es dauert nicht lange und Benno trudelt mit dem Rest des Rudels ebenfalls ein.

Ich freue mich, dass es wieder so ein schöner unterhaltsamer Nachmittag war.

28. April. Wir wollen eine Woche auf Sardinien verbringen. Selbstverständlich mit unserem Hund Benno. Ich mag die hochsommerliche Hitze nicht und glaube, dass die erste Maiwoche ideal für einen Urlaub auf dieser schönen Mittelmeerinsel ist. Werner schwimmt

gern und hofft, dass das Meer schon warm genug zum Baden ist.

Wie immer starten wir nach einem normalen Frühstück daheim. Ich brate Spiegeleier für unsere traditionelle Reiseverpflegung „Eibemmen" mit Schinken.

Wir haben eine Ferienwohnung gebucht. Deshalb muss ich außer dem Hundefutter auch Lebensmittel für uns einpacken: Kaffee, Filtertüten, Zucker und Gewürze. Nudeln, Käse und Fisch wollen wir vor Ort kaufen.

Werner trägt die Koffer, die Kiste mit den Lebensmitteln, die Hundesachen und unsere Jacken ins Auto. Dann holt er Benno und ich bringe unsere Wohnungsschlüssel zu Maria.

9 Uhr. Wir sind reisefertig und können starten.

Nach jeweils zwei Stunden suchen wir uns einen möglichst großen Parkplatz an der Autobahn und lassen Benno einige Minuten laufen. Zur Weiterfahrt tauschen wir immer die Plätze im Auto: der Fahrer wird Beifahrer und umgekehrt.

Am Abend finden wir ein nettes Hotel in Österreich zum Übernachten und freuen uns, dass das Frühstück ebenso reichlich und lecker ist wie das Essen am Abend zuvor.

Als wir in dem kleinen Fährort Civitavecchia ankommen, finden wir zwar viele Hotels, doch keines mag einen Hund beherbergen.

Wir fahren die Uferstraße entlang und entdecken ein kleines Hotel, das direkt an einen steilen Hang gebaut ist. Das Haus sieht zwar sehr einfach, aber irgendwie gemütlich aus. Mir gefällt das winzige Zimmer nicht, aus dessen Fenster nur bemooste Steine zu sehen sind. Aber wir haben keine Wahl und trösten uns, dass wir gleich im Haus zu Abend essen können.

Der Kellner weist uns einen Platz am Rande zu. Wir wundern uns, dass wir die einzigen Gäste sind. Hoffentlich bedeutet das nicht, dass das Essen nichts taugt. Werner und ich mögen die italienische Küche sehr. Die Speisekarte sieht jedenfalls recht fleckig aus und besteht aus nur vier Gerichten. Wir wählen mit Hilfe unseres Wörterbuchs zwei verschiedene Mahlzeiten aus.

Benno zerrt an der Leine. Normalerweise legt er sich einfach unter den Tisch oder die Sitzbank und rührt sich bis zum Bezahlen der Rechnung nicht mehr. Ich beuge mich zu ihm hinunter und fauche streng: „Platz!"

Da sehe ich unter dem Tisch eine riesige Ameisenarmee. Es kribbelt und krabbelt neben- und übereinander, einige klettern schon an Werners Schuhen hoch. In diesen Haufen kann sich Benno keinesfalls hineinlegen.

Wir rufen nach dem Kellner, zeigen ihm die

Bescherung und dürfen uns an den Nachbartisch setzen. Benno kriecht zufrieden darunter.
Ein junger Bursche stellt einen großen Krug Rotwein, eine Karaffe Wasser und zwei Gläser auf unseren Tisch. Dann bringt er einen tiefen Teller mit einem Riesenberg Spaghetti, eine Schüssel Käse und eine Reibe.
Werner winkt ab. „No. Nix bestellt."
Der Bursche lacht und geht wieder. Ob diese Riesenportion als Vorspeise gedacht ist? So viel Spaghetti esse ich daheim nicht einmal als komplette Mittagsmahlzeit. Zu den Nudeln gibt es weder Gemüse noch Fisch oder Fleisch. Aber sie schmecken so vorzüglich, dass wir alles aufessen und nun vollkommen satt sind. Ich blättere in meinem kleinen Italienisch-Wörterbuch und finde sazio für satt und pagare für zahlen.
„Cameriere! Pagare il ponto per favore."
Der Kellner kommt. Aber er bringt uns nicht die gewünschte Rechnung, sondern ein opulentes Hauptgericht. Es sieht absolut köstlich aus und duftet ausgesprochen appetitlich. Benno kommt unter dem Tisch hervor und setzt sich neben meinen Stuhl.
„Also dann ... lass es dir schmecken! Wir haben Urlaub."
Werner lacht und fängt an zu essen. Auch ich kann mich nicht mehr zurückhalten. Da ich

wirklich schon satt bin, bekommt Benno mehr von meinem Teller ab als üblich.

Nach fast zwei Stunden sind wir mit dem Essen fertig. Auf einmal füllt sich das Lokal bis zum letzten Platz mit unzähligen, laut schwatzenden Leuten, Kindern und sogar Babys. Diese vielen Menschen reden nicht nur miteinander, sondern gleichzeitig in ihre Handys. So etwas hatte ich vorher noch nie erlebt.

Wir sind froh, schon so früh gegessen zu haben, gehen noch eine kleine Runde mit Benno am Meer entlang und dann sofort ins Bett.

Plötzlich wackelt das Haus und es donnert derart ohrenbetäubend, als würde ein Flugzeug direkt durchs Zimmer rollen. Werner springt aus dem Bett und macht Licht. Jetzt erst merken wir, dass der Hang am Hotel ein Bahndamm ist, über den die Züge rattern. Werner schließt das Fenster. Leiser wird es dadurch allerdings nicht.

Zu allem Unglück bricht noch ein wahrer Wolkenbruch über uns herein. Das Wasser stürzt in Bächen den Hang hinab und schlägt gegen das Fenster. Mir ist unheimlich zumute und ich ziehe mich lieber komplett an. Womöglich müssen wir mitten in der Nacht eilig flüchten, da möchte ich vorbereitet sein. Auch Werner hat keine Ruhe mehr, schläft aber ebenso wie ich irgendwann trotzdem ein.

Am nächsten Morgen wachen wir wie gerädert auf. Die Sonne scheint und wir fahren sofort zum Hafen, wo wir auch frühstücken können.
Wir erinnern uns an unseren ersten Urlaub auf Sardinien mit unseren Kindern vor ungefähr zwanzig Jahren. Wir lebten damals in München und hatten am Abend ein fabrikneues Fahrzeug im Autohaus abgeholt, es mit unseren Urlaubskoffern beladen und starteten frohgemut Richtung Süden. Damals machten wir noch keine Pausen, sondern fuhren durch bis Genua. Wir erreichten unsere Fähre direkt in dem Moment, in dem die Leinen gelöst werden sollten. Man ließ uns schnell aufs Schiff und stellte fest, dass wir einen Tag zu spät angekommen waren. Das heißt, unsere Buchung war ungültig, denn sie galt für die Fähre am Vortag. Nach einigem Hin und Her durften wir auf dem Boot bleiben, mussten aber für das Auto und uns vier Personen ein neues Ticket kaufen. Damit war unsere Urlaubskasse gleich am ersten Tag deutlich geschrumpft.
Heute haben wir die richtigen Fahrkarten. Ich hatte sie daheim sicherheitshalber mindestens hundertmal überprüft. Die Fähre ist fast leer. Wir finden schöne Plätze am Fenster.
Die Stewardess kommt und erklärt uns mit

Händen und Füßen und einem Kauderwelsch aus Italienisch und Englisch, dass wir dort nur sitzen dürfen, wenn wir dem Hund einen Maulkorb umbinden. Aber wir haben keinen Maulkorb. Ich versuche, die Frau milde zu stimmen. Wir stören hier auf diesem Platz niemanden. Aber sie bleibt unerbittlich und weist uns einen Raum in der Mitte des Schiffes zu. Dort sind wir alles andere als ungestört, denn wir sitzen direkt an einem Kiosk, wo man Kaffee, Kekse und Zeitschriften kaufen kann. Außerdem befindet sich nebenan der Zugang zu den Toiletten. Ein Fenster gibt es allerdings nicht. Dafür viel Unruhe durch Reisende, die etwas kaufen wollen oder zur Toilette müssen. Mir gefällt dieser unangenehme Platz überhaupt nicht. Wir haben keinen einzigen Augenblick Ruhe und einige Leute stören sich an dem Hund an Bord.

Mir kommt es so vor, als ob das Schiff jetzt mehr schlingert und schaukelt. Sicher ist es inzwischen auf dem offenen Meer. Sehen können wir das leider nicht.

Um uns wird es immer lebhafter. Es drängen sich immer mehr Leute in diesen kleinen Zwischenraum. Sitzplätze gibt es schon lange nicht mehr, auch sämtliche Haltestangen werden von großen und kleinen Händen umklammert. Zu allem Übel kommen ständig

Leute gerannt, die das Schlingern nicht vertragen, seekrank werden und sich übergeben müssen. Einige schaffen den Weg bis zur Toilette nicht mehr, aus dessen Türen es ohnehin schon scharf und unangenehm riecht.

Benno liegt die ganze Fahrt über zitternd unter unserer Sitzbank. Ich bin schon lange nicht mehr wütend auf die uneinsichtige Stewardess, eher müde von all der Anspannung.

Plötzlich wird es noch lebhafter um uns und lauter. Viele Leute laufen hin und her und plappern in ihre Handys. Die waren mir gar nicht mehr aufgefallen.

„Sicher ist Land in der Nähe und bis jetzt gab es keinen Empfang", erklärt Werner.

Tatsächlich legen wir wenige Minuten später in Olbia an.

Die Strecke bis zum Feriendorf haben wir uns vom ADAC ausdrucken lassen. Diese Fachleute kennen sicher den besten Weg bis zu unserem Ferienort Arbatax. Die Fahrt beginnt sehr angenehm durch hügelige Wälder mit wunderschönen Ausblicken auf Seen und grüne Berge. Auf einer großen Wiese rasten wir, lassen Benno rennen, in einen Bach springen und gehen eine halbe Stunde gemütlich spazieren.

Auf einmal führt die enge Straße steil hinauf in die Berge auf mehr als 1.000 Meter Seehöhe. Ich mag die Berge sehr. Doch hier kommen sie mir gefährlich vor. Die Straßen sind sehr eng und extrem kurvig. Den Gegenverkehr hört man schon von weitem, denn die Autos hupen vor jeder Kurve. Auch Werner passt sich an und hupt sich vorwärts – über insgesamt fünf Pässe – einhundert Kilometer purer Stress. Normalerweise lösen wir uns beim Fahren ab, aber diese Strecke war mir zu gefährlich und ich überließ allein Werner das Steuer. Bei jedem Fahrzeug, das uns entgegen kam, fürchtete ich, abgedrängt zu wrden und tief in die Schlucht abzustürzen.

Endlich sehen wir die berühmten roten Felsen von Arbatax und stehen schließlich vor der Anlage. VOR der Anlage. Hinein können wir nicht. Das große Eingangstor ist fest verschlossen, weit und breit keine Menschenseele zu sehen. Wir klopfen gegen das Tor und drücken die Klingel. Aber es rührt sich nichts.

Werner setzt sich wieder ins Auto und fährt in den Ort, während ich mit Benno in der Nähe der Anlage herumlaufe. Fast eine Stunde lang gehe ich immer zwischen dem Eingangstor und dem Strand hin und her. Dann erst kehrt Werner zurück. Wenige Minuten später kommt

ein Mädchen auf einem Moped, sperrt auf und übergibt uns die Schlüssel zu unserem Ferienhaus.
Das entschädigt uns sofort für sämtliche Anreiseabenteuer. Es ist wunderschön und herrlich geräumig: eine große Küche mit einem Esstisch und vier Stühlen, eine gemütliche Stube mit Sofa, Sesseln und einem Fernsehgerät, ein Bad mit Dusche, eine Schlafstube und eine riesige Terrasse mit Tisch, Stühlen und Liegestühlen.

Außer uns gibt es keine weiteren Feriengäste, die Anlage ist komplett leer, denn es ist noch keine Saison. Auch die Strände sind leer. Werner ist enttäuscht, dass das Wasser im Meer so kalt und der große Pool in der Anlage noch nicht in Betrieb ist.
Am nächsten Tag geht er trotzdem ins Meer und schwimmt einige Minuten. Ein Strandurlaub ohne Baden ist für Werner undenkbar.
Wir fahren jeden Tag an einen anderen Strand. Einige haben herrlichen Sand, andere bestehen aus Felssteinen. Zu Mittag essen wir in netten kleinen Lokalen. Für das Abendessen kaufen wir täglich fangfrischen Fisch, den wir einfach in einer Pfanne in Öl braten. Manchmal sind es seltsame große oder kleine Exemplare,

die ich nie vorher im Leben gesehen und sicher auch nie gegessen hätte. Außerdem kaufen wir einen Maulkorb. Wir wollen keinesfalls auf der Fähre wieder vor den Toiletten sitzen.

Für die Fahrt zurück zur Anlegestelle brauchen wir kaum die Hälfte der Zeit, denn es gibt eine breite, gut ausgebaute Schnellstraße nach Olbia, von der der ADAC offenbar nichts weiß.

Auf der Fähre interessiert es niemanden, dass wir einen Maulkorb in der Tasche haben. Benno darf unbehelligt neben uns an einem wunderschönen Fensterplatz sitzen.

Die Autobahn Richtung Norden ist nicht voll. Wir kommen schnell voran und übernachten in Oberitalien in einem internationalen Autobahnhotel. Leider bekommen wir kein Abendessen mehr und müssen uns mit einer Lammsalami begnügen, die wir eigentlich für Axel gekauft haben. Für Benno haben wir immer ausreichend Futter dabei.

Da wir von der langen Fahrt sehr müde sind, fallen wir gleich ins Bett. An Schlafen ist leider nicht zu denken, denn über oder neben uns kommt ein Liebespaar nicht zur Ruhe.

Am nächsten Morgen wollen wir unser vorab bezahltes Frühstück genießen. Es stehen schon mehrere Leute vor der verschlossenen Lokaltür. Wir müssen fast eine halbe Stunde warten, ehe von innen aufgesperrt wird. Doch statt eines üppigen Frühstücksbuffets stehen nur drei Schalen auf einem Tisch: eine mit abgepackten Butterstückchen, eine mit Marmeladen- und eine mit Honignäpfchen. Keine Wurst, kein Schinken, kein Käse und auch kein Ei. An der Seite steht ein Korb mit einzeln abgepackten Knäckebrot- und Pumpernickelscheiben. Zu allem Übel funktioniert die Kaffeemaschine nicht. Einige der Gäste bedienen sich an diesem sehr kargen Angebot, ein Mann geht in die Küche und ich höre ihn laut in englischer Sprache diskutieren. Schließlich kommt er mit einem Serviermädchen zurück, das zumindest die Kaffeemaschine in Gang bringt. Ich frage nach dem Frühstück – sie zeigt auf die drei SChalen und bedeutet mir, dass das alles ist. Normalerweise wäre ich sofort gegangen. Aber so ganz ohne Frühstück wollen wir uns nicht auf die lange Weiterfahrt begeben.

Erst in Österreich finden wir ein sehr nettes Lokal mit freundlicher Bedienung, die uns Rührei mit Schinken und Speck, Käse von einer nahen Alm und Brötchen mit selbstgemachter Marmelade bringt.

Urlaub mit Hund ist ganz anders als ein Urlaub ohne Hund. Wir wandern tagsüber, baden in Waldteichen und Seen, tragen praktische

Kleidung und derbe feste Schuhe und sitzen abends wie daheim vor dem Fernseher.
Wir haben keine Lust auf lange Autofahrten, Museen oder sonstige Sehenswürdigkeiten, Badeanstalten, Bars und schicke Kleidung.

Ich komme vom Einkaufen aus dem nahen Supermarkt zurück und höre plötzlich: „Hallo, Frau Richter."
Ich schaue mich suchend um. Auf der anderen Straßenseite läuft ein junges Mädchen mit knallrot gefärbten Haaren und winkt mir zu. Kenne ich sie? Sicherheitshalber winke ich zurück. Das Mädchen kommt über die Straße auf mich zu und ruft glücklich: „Jetzt habe ich auch einen Hund."
Sie hält mir ein winziges Bündel entgegen, das sie im Arm trägt und ich erkenne einen kleinen Yorkshire Terrier.
„Er heißt Harry. Wie Harry Potter."
Ich lache. Im gleichen Moment erkenne ich Anja, die in der gleichen Straße wohnt wie wir.
„Meine Güte, Anja! Ich hätte dich fast nicht erkannt. Du bist ein richtig hübsches Fräulein geworden, kein kleines Mädchen mehr. Haben wir uns so lange nicht gesehen?"
Anja hat mich früher oft besucht. Eigentlich kam sie nicht zu mir, sondern zu Patrik. Sie wollte ihn gern ausführen. Doch das konnte ich

nicht erlauben, denn Patrik wog 25 Kilogramm. Er hätte das Mädchen sicher umgerissen.

Einmal ist das sogar passiert, als Anja die Leine halten durfte, während ich einen Hundehaufen entsorgte. Der Hund machte einen Satz in meine Richtung und Anja lag der Länge nach auf der Straße. Das hat mir damals sehr leid getan und war mir eine Lehre. Obwohl Patrik keine Kinder mochte, ließ er sich von Anja gern streicheln.

„Wohnst du immer noch im Nachbarhaus?", will ich wissen.

„Ja. Und jetzt habe ich nicht nur drei Hasen und zwei Katzen, sondern endlich, endlich meinen Hund. Ist der nicht süß?"

„Ja, das ist er. Übrigens habe ich auch einen neuen Hund. Er heißt Benno."

„Oh! Ist er daheim?" Anja strahlt. „Darf ich mitkommen?"

Ich überlegte kurz. Dann hake ich Anja einfach unter und nicke ihr zu.

Der winzige Harry rennt sofort kreuz und quer durch unsere Stube. Benno will ihn fangen. Der Kleine bleibt plötzlich stehen und springt Benno direkt gegen die Schnauze. Benno schnappt wütend nach ihm, erwischt ihn aber nicht, Harry ist schneller. Das wiederholt sich mehrmals. Schließlich springt Harry auf den Sessel und schüttelt mit aller Kraft das darauf liegende

Kissen. Ich schubste ihn hinunter. Da setzt er sich direkt auf den Teppich und pullert eine große Pfütze. Anja ist das schrecklich peinlich und sie verabschiedet sich sofort.
Ich bin froh, dass Werner nicht daheim ist und sich über das Malheur furchtbar aufregt.

Jetzt mit vier Jahren wird Benno langsam ruhiger. Am meisten dabei geholfen hat wohl die Flexi-Leine. Im Wald kann sich Benno im Umkreis von acht Metern frei bewegen und schnüffeln. Ich lasse ihn nur noch von der Leine, wenn wir anderen Hunden begegnen und wenn Benno in einem See oder Fluss schwimmen darf.
Werner und ich hängen sehr an unserem immer gut gelaunten temperamentvollen Familienmitglied und sind uns ganz sicher, dass Benno ein glückliches Leben bei uns genießt.

Nachwort

- Ich denke noch sehr oft an Patrik und vermisse ihn nach wie vor sehr. Dabei war er ein sehr schwieriger Hund: mürrisch, eigenbrötlerisch und nachtragend.
Benno dagegen ist völlig unkompliziert, immer guter Laune, immer zu allem bereit und auch allein ganz zufrieden.
- Patrik ertrug es nicht, allein in der Wohnung zu bleiben – nicht einmal wenige Minuten. Er brauchte ständigen Körperkontakt.
Benno genügt es, im gleichen Raum zu sein. Er will keine Streicheleinheiten, eher zuckt er erschrocken zurück, wenn man ihn unvermittelt berührt.
- Benno zieht sich zurück, wenn Werner und ich lauter sprechen oder sogar streiten.
Patrik sprang direkt dazwischen und wollte laut bellend schlichten.
- Patrik war viel größer und schwerer als Benno.
Dafür hat Benno das stärkere Gebiss, mit dem er leicht dicke Knochen durchbeißt.
- Benno frisst alles – er hat ständig Hunger, obwohl er schlank ist.
Patrik war korpulent und beim Fressen extrem mäkelig. Ich musste für ihn extra kochen.

Trotzdem sammelte er das kleinste Gemüsekrümel aus seinem Napf und spuckte es aus. Entsprechend schwierig war es, ihm Tabletten zu verabreichen. Er suchte lange in seinem Napf herum, den er nie richtig leer fraß. Benno dagegen putzt seinen in wenigen Sekunden blitzblank.

- Patrik war sehr eigenwillig und ertrotzte sich bei Spaziergängen seine Lieblingswege. Er legte sich einfach hin und war nicht zu bewegen, weiterzugehen.

Benno ist die Richtung gleichgültig, ihm gefällt es überall.

- Patrik war langsam.

Benno dagegen reagiert regelrecht stürmisch. Andererseits ist er fast so scheu wie ein Wildtier.

- Patrik lag sehr gern draußen vor dem Haus, selbst im Winter. Er ließ sich gern einschneien. Wenn er wieder zurück in die Wohnung wollte, bellte er.

Benno kann ohne uns einige Zeit allein in der Wohnung bleiben. Aber draußen sitzt er bewegungslos und starrt auf die Haustür, bis wir ihn endlich erlösen.

- Besonders schwierig war, dass Patrik keine Kinder mochte. Er bellte sie an und versuchte, nach ihnen zu schnappen. Ich wollte ihn an Kinder gewöhnen und ging fast täglich mit ihm an der nahen Grundschule vorbei. Geholfen hat das leider nicht.

Der sonst so stürmische Benno ist mit Kindern erstaunlich geduldig. Sogar Babys dürfen ihn überall anfassen, obwohl sie oft recht derb zupacken. Babys haben häufig einen Keks in ihren kleinen Händchen, was für Benno immer sehr spannend ist. Für mich ebenfalls, denn ich muss aufpassen, dass er sich den Keks nicht einfach stibitzt. Einmal ist ihm das gelungen, aber das Kleinkind war damit überhaupt nicht einverstanden und griff blitzschnell in Bennos Maul, holte sich den Keks zurück und steckte ihn schnell in den eigenen Mund. Die junge Mutter und ich waren zuerst entsetzt, dann mussten wir lachen.

Ein anderes Mal besuchte ich eine Freundin, die mit ihren Enkeltöchtern im Garten saß. Die Mädchen tollten sofort mit Benno davon und spielten mit ihm. Sie banden ihm Schleifen um den Bauch, setzten ihm Mützen auf den Kopf und ihre Puppen auf den Rücken.

- Bälle holen macht Benno den meisten Spaß. Patrik dagegen brachte niemals etwas zurück, was wir fortwarfen.

Für mich erhöht das Zusammenleben mit einem Hund deutlich die Lebensqualität. Wir gehen mehrmals täglich bei Wind und Wetter hinaus an die frische Luft. Dadurch sind wir abgehärtet und kennen praktisch keine Erkältungskrankheiten. Als wir noch keinen Hund hatten, litt ich wegen einer Lungenkrankheit unter Atemnot. Jetzt kann ich stundenlang laufen, sogar bergauf, was mir früher nicht möglich war. Dafür bin ich sehr dankbar. Außerdem bringt ein Hund jeden Tag unbeschreiblich viel Spaß.

Für Werner überwiegen die Einschränkungen durch den geregelten Tagesablauf und die ständige Sorge, ob und wohin man den Hund mitnehmen kann.

Ich finde, wir haben beide Recht.

Hoffentlich können wir noch mindestens zehn Jahre lang die sehr unterhaltsame Zeit mit unserem Benno genießen.

Danksagung

Hiermit danke ich von Herzen in bester Erinnerung zuallererst meiner lieben Tochter Anett, die mich so unmissverständlich und überzeugend zu einem Hund überredete. Ohne ihre Tierliebe hätte ich heute noch Angst vor Hunden und keine der tierischen Begegnungen aufschreiben können.

Außerdem danke ich meiner Freundin Sonja für ihre zahlreichen Ratschläge (auch wenn ich meist ganz anderer Meinung bin) und für die geniale Idee, eine Flexi-Leine zu benutzen.

Besonderer Dank gilt meinem Sohn André, der meinen Entwurf zuerst lesen durfte und mir mit treffsicheren Ideen half, mein Gedächtnis aufzufrischen.

Weitere Veröffentlichungen von Petra Weise:

Interessante und spannende Erinnerungen aus dem ungewöhnlichen Leben der Autorin gibt es in **„Ein halbes Leben"** und den Fortsetzungen **„Ein ganz anderes Leben"** und **„Das Leben geht weiter"**.

Im Roman **„Der andere Vater"** erfährt die zwölfjährige Marion, dass ihr Vater gar nicht ihr Vater ist. Doch erst zwanzig Jahre kann sie sich auf die Suche nach ihren Wurzeln machen.

„Farbige Geschichten." Hier dreht sich in 29 lustigen, traurigen, dramatischen oder alltäglichen Kurzgeschichten alles um Farben.

„Liebeslügen oder der ganz normale Wahnsinn" bietet 15 spannende Geschichten über die Liebe - wahre Liebe, vorgespielte Liebe, enttäuschte Liebe, betrogene Liebe.

„Eine unbestimmte Ahnung und weitere Geschichten". Ungewöhnlich, seltsam, verrückt, sinnlich wie das Leben, das die besten Geschichten schreibt.

„Eine verhängnisvolle Diagnose und 14 weitere Kurzgeschichten" erzählen aus dem oft gar nicht alltäglichen Alltag der Autorin während der 80er Jahre.

Petra Weise wurde 1954 in Freiberg/Sachsen geboren und lebt nach zahlreichen Wohnungswechseln durch Hessen und Bayern seit 1993 wieder in ihrer Heimat Sachsen.

Sie liebt das Erzgebirge mit all seinen Traditionen und fühlt sich auch in den Alpen wohl. Wenn sie nicht schreibt oder liest, wandert sie gern mit ihrem Hund durch den Wald oder spielt Klavier.

www.autorinpetraweise.de